ANDREAS NEESER
ALPEFISCH

Der Autor und der Verlag danken herzlich für die Unterstützung:

Der Zytglogge Verlag wird vom Bundesamt für Kultur mit einem Strukturbeitrag für die Jahre 2016–2020 unterstützt.

© 2020 Zytglogge Verlag
Alle Rechte vorbehalten
Coverbild: Lorenz Andreas Fischer/lorenzfischer.photo
Lektorat: Angelia Schwaller
Korrektorat: Jakob Salzmann
Covergestaltung/Layout/Satz: Zytglogge Verlag
Druck: Finidr, Tschechische Republik

ISBN: 978-3-7296-5035-0

www.zytglogge.ch

Andreas Neeser

ALPEFISCH

Roman

ZYTGLOGGE

Chasch nie gnue Määge ha.
Je nach dem, a waas dass d z chätsche hesch
und wenns der wider obsi chunnt.

Es Liecht chrüücht über e Chuchitisch. De Brunner brüetet. Tuusig Chritz und Chräbel im alte Brocki-Holz, gspässigi Muschter: Hampelmaa und Alpespitz, toote Vogel, Chrüüz.

Er nimmt d Fläsche, wott sich no einisch iischänke, hänkt si de aber grad aa und stellt si läär wider uf e Tisch. Er luegt uf d Ettigette, e Momänt lang gsehts uus, wie wenn er uf öppis waarteti, de schüttlets ne – und de Tunesier chunnt wider obsi. E suure Gorps.

De Brunner macht chliini Auge, fixiert de Brief, wo vor em liit, näbedraa en Öpfel mit eren offne Büüle, fädlige Fluum uf em blutte Fleisch.

E munzig chliini Flöige, vo nienehäär, landet zmitts im Gschwüür. D Flügel vibrieren über em schwaarze Büüchli, süsch bewegt sich nüüt. Er stieret uf das Tier, gseht sich z hinderscht i der Biologie. «Drosophila melanogaster», het de Lehrer gseit und es gschiits Gsicht gmacht. Under em Mikroskop händ s alles gnau studiert. Scho doozmol händ ne di rooten Äugli ggruuset.

De Brunner macht d Fuuscht, es tätscht und sprützt – a der Fäischterschiibe saftigs Fleisch, en Öpfel, wo kei Name het. Aber di roten Äugli sind verschwunde.

Es het mi no. Ka. Elf Buechstabe, kei Underlängi, kei Schlängger näbenuus. De Brunner luegt ganz genau – bis em alls verlauft, bis d Zeichen aafönd schwimme. Je länger dass er häreluegt, deschto klarer wirds: Di Tintesuppe ggrünnt, wird bappig, ticket ii. Er taschtet nach der Fläsche, aber bevor er si verwütscht, tunkts ne, s wachsi öppis us em Blatt, grad uf ne zue. E Figur, en Art, mit graade Linie, spitzig wien e schlanki Pyramide. Si lööst sich, flüügt und tanzet vor sim Chopf.

«Schiisstunesier», seit er und rütscht vom Tisch ewägg. Bis Noochbers äne gheit d Sunne hinder s Tach.

Krach händ s ghaa. Wägen öppis, wo me gar kei Krach cha haa. Si sind de trotzdem ggange, i s Ämmitaal, zun ere Puurefamilie, wo si e der Katrin ihres Züüg händ müesse go hole.

Si het ghoffet ghaa, zwo Wuche chrampfe tüeg ere guet, si chääm de wider besser mit sich z Schlaag. Aber scho nach e paar Taag het si nüüt me vo der Bäärghilf welle wüssen und het d Haue putzt. D Arbet, het si gseit, d Familie mit de Goofe, all die Wirbel zinnerscht – s seig eifach nümme ggange.

Keis Wort händ s ggredt im Ufefahre dur e Friitigooobeverchehr. Au dorab, mit der Katrin ihrem Wäärli hindeninne, händ si gschwige, jede Kilometer no es bitzli meh.

Bim Brunner uf em Parkplatz het Katrin de Jeep abgstellt, mit de Finger uf s Stüürrad tromelet. Äär het schrääg uf d Armature ggluegt, wo nümme gglüüchtet händ.

«Nu so», het er gseit, wil er der Erscht gsi isch, wos nümm uusghalte het.

«Use!», het d Katrin gmacht.

Ohni de Chopf z trääjen, isch er usegchrüglet und uf en Iigang zue zottlet. Ersch, wos Liecht ggää het uf em Vorplatz, het er no einisch umegggluegt. De Jeep isch scho wägggfahre, und s isch em gsii, es hocki niemer drinn.

Beschti Südhanglaag. Unden i der Ebeni d Autobahn, tuusig schnälli Liechtli, äneföör e Hügelzuug, blutte, schwaarze Fels. – Momoll, Herr Bauundernämer, het de Brunner tänkt, won er s Auto am Stroosserand abgstellt het. E feisse Mocke Huus hesch doo i Hoger trückt. – Er het grad welle um d Garage umeschliiche, zum Gaartezimmer mit Sitzplatz und Springbrünneli, won er de Jeep ghöört het zuefahre. Er isch hinder en Egge gstande, het gwaartet, bis d Katrin bi der Huustür gsi isch, de isch er vürechoo.

«Ka», het er gseit, isch vo der Siiten uf si zue.

D Katrin isch zämegfahre, de het si uusgschnuufet und sich umträäjt, wie wenn si hätt welle luege, was fürn e Hund dass ere nochegglauffe seig.

«Ha s no halbers tänkt», het si gmacht. «Aber wenn d scho doo bisch: Erschtens han i gseit: Fahr mer nid noche. Zwöitens: Säg mer nid Ka.»

De Schlüsselbund het am chliine Finger gglöggelet. Si het gruusig ggrinset, und d Auge sind Göfichöpfli gsii, wo gstoche händ. De Brunner hets tschuderet. S het ne tunkt, es tüeg sich öppis hinder denen Auge; er het a Gschichte tänkt us em Kino, Sache, wos nid git. Aber d Katrin het immer no soo ggluegt. Und zitteret het si, öppis het si gschüttlet. – De isch es dure gsii. Stiiff und chalt isch si bi der Tüüre gstande. E Stei mit Huut.

«Zum letschte Mol: Fahr ab!»

«Aber Ka –»

«Läck mer!»

«Katrin – mer sette –»

«Tamisiech!»

D Katrin het di schwäär Eichetüür e Spalt wiit uufggrisse, isch inegschloffen und het vo inne de Schlüssel trääjt.

Wo de Brunner wider deheim uf e Parkplatz gfahren isch, het er sich e Töiffgarage gwünscht. Deet wäär er inegfahre, wiit i s Loch abe, und nümmen ufechoo. Er isch no e Momänt i sim chliine Fiat hocke plibe, zum sich gspüüre. D Uhr am Armaturebrätt het halbi zwöi gglüüchtet, vom Biifahrersitz hääer het ne de Katrin ihres Parfüm aagwääjt. Äntlich het er sich e Schupf ggää und isch uusgstige. Us em Chäller het er e Tunesier mit ufegnoo und isch a Chuchitisch ghocket, wien e Bock.

Und was hätt das sölle sii, Frölein?, het er tänkt und sich es Glaas iigschänkt. Es super Nümmerli, wo d doo abzoge hesch. Momoll, e jedem andere hätt das Angscht iigjagt. E soo go tue – wäge nüüt und wider nüüt. – Er het uustrunken und sich grad wider iigschänkt. Mit jedem Schluck het er klarer gseh. Nid, was grad passiert gsi isch, aber dass er esoo öppis nie meh wett erläbe. Und immer das Uuf und Ab. Immer das Hüscht und Hott. Am liebschte wäär er grad no einisch usegfahren und hätt si gstellt. Wenn dass si ächt äntlich wüssi, öb si zäme sigen oder niid. Sit bald zwee Mönet Stägeli uuf und ab, nach jedem Kuss es Nei, es Joo, Vilicht – es schiiss ne langsam aa. Irgendeinisch heig si eifach ghaa. Ganz klar het er alles gseh, won er sich de letscht Schluck vom Tunesier iigschänkt het. De het er s Handy gnoo und drüü Sätz iitippet. Von eme Monschter mit Maske het er gschribe, und wer dass das gsi seig. *Was hesch hüt ghaa? Was het di? Säg!*

Won er d Nachricht abgschickt het, isch em de Chopf i Äcke gheit. – A der Tili obe gseht er es Meitligsicht, schmaali Auge, fasch chinesisch, und es Lächle, won es

Grüebli macht im lingge Baggen inn. Jetz ghört er öppis gluggse, lüüter, s Kinobild verzitteret und s Muul wird gröösser, wiissi gsundi Zähn. Aber vo innen use geiferets und schuumets, öppis gurglet, röhret, brüelet wien es Tier. Im Hindergrund, unscharf, aber tüütlich gnue, fuchtlet eine, rüeft i Himmel ue: «Im Namen des Vaters, des Sohnes und des Heiligen Geistes befehle ich dir –»

De Brunner zuckt zäme, hocket bolzegraad a Tisch. Er längt nach ere nöije Guttere, schruubet si uuf und nimmt e rächte Schluck. Verschwummen und wie vo wiit ewägg gseht er d Chritz im alte Holz, graadi Linie, wo sich schniiden oder nid, e Turm mit schräägem Tach, e Naase, es Spinnenetz – und unde, gäge Rand zue, s Chrüüz. Er hets i der Hand, fuchtlet i Himmel ue, luegt vor sich abe. Am Bode liit eine, uf der Stroos, und cha nid schnuufe. Keis Chräbeli, nüüt, aber inneföör vertätscht. «Hilf mer!», seit de Bueb, aber de Brunner cha nid hälfe. Wider nid, immer no ni, nach über sibe Johr. Er stoht eifach nume deet, fuchtlet mit em Chrüüz i Himmel ue und cha nid hälfe.

«Waart no, Tami!», het de Brunner grüefft und mit beide Füüscht uf e Tisch ghaue. «Waart no, ii bis doch, de Brüetsch.»

D Katrin het de Schlüssel zwöimol trääjt, d Täsche mit de Sachen us em Ämmitaal im Entrée uf e Bode gstellt. Si het sich mit em Rügge gäge d Tüüre gglähnt und duregschnuufet. – Nie meh uf ere Rosshoormatratze schlooffe, het si tänkt. Nie meh Runggle butze, nie meh sozial und soo. – Im Tunkle het si sich i s Wohnzimmer taschtet, der Längi noo uf e Steibode ggleit, wo d Septämbersunne de Taag duur ufgheizt gha het. Noodigsnoo händ sich em Vatter sini Jagdtrophäe zeigt a der Wand, über em offne Cheminée all die alte Flinte, s Efeu i der halb lääre Büecherwand, näb em riisegroosse Färnseh de Ficus, wo nümm het welle wachse.

Es langsams Aachoo isch es gsii, wie immer. Jeden Oobe het si lang zersch umegggluegt, wie wenn si gar nid wüsst, wohäre dass es si verschlaage het. Es Elterehuus isch es nümme gsii, es Vatterhuus isch es nie richtig woorde.

Tootestill ischs gsii. Vermisst het si niemer, emel nid vo dene, wo normalerwiis ii und uus ggange sind. So ruehig isch es gsii, dass si am liebschte gschroue hätt. Alles usepäägget. Aber s isch gsii, wie wenn nüüt in eren inn gsi wäär. Nume Lääri nach der lange Fahrt und em chuurzen Abschiid. – Tanke, Chrigel. Superarsch. S hätt en Abschluss chönne sii, aber nei, s Mimöösli mues mer hindenochefahre, alles cho versaue. – Si het gspüürt, wie s Bluet in ere umegschossen isch, wies gchlopfet het i den Ohre und im Hirni. Si het wellen uufstoh, öppis mache gäg das Ghämmer, gäge Schmäärz und gäge Läärm, wo nüüt gsi isch als Stilli, aber si het nid gwüsst, wohäre mit sich sälber.

Vo wiit ewägg gseht si, wie si über d Bodeplatte chrüücht, uf d Musigaalag zue, am CD-Player s Chnöpfli trückt. Ohni z luege, nimmt si e Schiiben us em Ständer, schiebt si ine. Em Mozart sis Orcheschter chunnt nid aa gäg di Stilli, ersch de Sopran cha hälfe. Takt für Takt breitet sich öppis uus, e tünne Teppich, siidefiin. Es tunkt si, s luggi i der Bruscht, nume d Händ sind chalt, iisig chalt. De singt si mit em Chor: «Kyrie eleison, Christe eleison», hofft, es gieng glii wider. Aber d Posuune chöme, bloose s Jüngschte Gricht. D Stimme vo de Manne, vo de Fraue wäärde lüüter, wäärde wüetig. D Katrin het sich d Ohre zue, si zitteret. A der Aalag lüüchte d Liechtli, rot und grüen und rot.

Und undereinisch stoht er doo. E wiite, schwaarze Mantel bis a Bode, und de Chraage gstellt. Uf em Chopf e Drüüspitz, ticke Filz. S Gsicht e Maske mit zwee Schlitz.

D Katrin luegt sich zue bim Uufstoh, öppis zieht si, Fäde gits ekei. Si stoht uf beidne Füess, luegt im Frömde töiff i d Löcher, öb er Auge heig. Luege wott si, was das für einen isch – und wo sis gseht, verschloots ere de Schnuuf.

Eine, wo chunnt und sich nid mol sälber bringt, tänkt si. E Mantel, nüüt drininn – und was bedüütet das? Wo sis frogt, begriift sis, wil sis gspüürt. Di beide Löcher i der Maske ziehnd si aa, si luegt i d Lääri – und es suugt si uuf.

D Hülle passt perfekt.

Am nööchschte Morgen isch si im Bett verwachet. Ersch bim Zmorgen isch eren i Sinn choo, dass öppis gsi isch nächti. E paar Täkt vom Requiem sind obsi choo, e Maske mit nüüt dehinder het si gseh, e Mantel, wo grad passt. Si het es Schlückli Tee gnoo, sich es Schlööfli usegribe. I einere Seelerueh isch si dooghocket. De het si gglächlet. Aber andersch, aber chalt. – I der Oornig, het si tänkt. Schlächt für dii, Chrigeli. I gspüür es. Mer chönne jo mol luege, was es jetz so tuet und macht. En Antwort wottsch, hesch gseit. Du chasch si haa. E Satz chunnsch über. Eine längt. Und wele, weis i au.

Am Wuchenändi het de Brunner nume trümmlet. De Chläpper uusgschlooffe het er, e Bsuech bi den Eltere gmacht, uf Antwort vo der Katrin gwaartet. Aber am Mäntig gägen Oobe het er zwo tipptoppi Bewärbigen uf d Poscht proocht. Es Heim für Chind mit Handicap het e Fachperson gsuecht zum Förderen und Understütze, e Sonderschuel het öpper pruucht, wo de Süchle het möge bchoo. Groossi Chance het er sich nid uusgrächnet, aber probiere het ers welle, eifach zum luege, öb öppis retour chääm.

Won er zruggchoo isch, het er d Mäntigsposcht ggläärt. Gits tatsächlich no Lüüt, wo Briefe schriibe, het er tänkt. Vo Hand. Dass das Couvert, won er i der Hand gha het, chönnt vo der Katrin sii – uf die Idee wäär er nic im Läbe choo. Gschwige het si ghaa, s ganze Wuchenändi lang. Wie wenns sini Nochricht nid ggää hätt, wie wenn überhaupt nüüt me z sääge gsi wäär. Und de schickt si e Brief. Vo Hand. En einzige Satz.

Immer wider luegt de Brunner uf di chuurzi Ziile, wüscht es Blätzli füechti Öpfelhuut vom Blatt. *Es het mi no.* Und undedraa, zimlich gnau gliich grooss: *Ka.* Er längt nach em Tunesier, loots denn aber lo sii und nimmt derfüür es Bier zum Chüelschrank uus. «Chopf ab», seit er, streckt s Fläschli i d Luft und grinset schrääg. Er nimmt e Schluck, und no eine, luegt zum Fäischter uus, dur e Dämmer duur a s Noochbers Vorhäng, wiiter, dur ne wiissi Bländi – und de gseht er gstoche scharf: Bananeschachtle. Biigiwiis Bananeschachtle bim Herr Bauundernämer im Chäller. Alli voll vo Katrinbriefe, wo si gar nie abgschickt het. Suber adrässiert, e Teil sogar a sii. – Ohni Seich, seit si, vilicht chli unmodern, aber wüürdsch rächt stuune. I meine, anderi whatsappen und facetime sich tumm und dämlich mit Fründinne, wo gar keini sind – oder göhnd zum Psychiater. Ii spare Gäld, wenn i es Problem ha oder nid so druff bi. Weniger gsund bin i derwäge nid, seit si, und de Brunner stuunet. Bis a d Tili ufe chöme d Schachtle, e ganzi Wand voll. Linggs sortiert nach Näme, Vatter, Felix, Mueter, Jenny, rächts e Toppelreihe Schachtle mit eme groosse K, d Briefe vo der Katrin a sich sälber. Am Bode, zwüsch em uusrangierte Hometrainer und em vollklimatisierte Wiischrank, en offni Schachtle, pödelet mit eme Biigeli Papier. *Brunner* stoht druff. Ticke, schwaarze Filzstift. Er fahrt zäme, verrüert de Chopf wie eine, wo wider zue sich chunnt.

«Jetz riiss di zäme, Brunner, Heimatsack! – Uf öis! Und Chopf ab!», seit er, läärt sis Fläschli und probiert uf anderi Gedanke z choo. Chrampfhaft konzentriert er sich uf d Chritz und Chräbel, überleit, wie vili Mönschen ächt scho a dem Tisch ghocket sind, bevor er doozmol alt i d Brocki und de zu ihm choo isch. Wie vil Chind druff umgsablet händ, wenn d Mueter grad nid gglueget het. Wie mänge dass sich töiff i Finger gschnitte het und de i s Holz. Nöji Forme findt er uf sim Tisch: e Drache zum lo stiige, es Hochhuus ohni Fäischter und e Baum mit stäckegraaden Äscht. Mit jedem Figüürli, wo sich zeigt, wird de Brunner ruehiger, hocket eifach nume doo und schwingt de Chopf, hin und häär, wien en Elefant im z chliine Gheeg. Bis er sicher isch, es isch jetz guet, die gfürchig Fopperei verbii. Er gorpset, lähnt sich zrugg, het d Füess uf e Tisch. – *Es het mi no.* Scho flirrets em wider vor den Auge. Keis Figüürli meh – es einzigs verschmulznigs Wort.

De Brunner gspüürt rein nüüt, wos in en inegoht. Er gspüürt sich nümm.

«Jetz hets mi», loorggets, «frogt sich nume, was.»

Irgendeinisch isch em de Chopf uf e Chuchitisch gheit. De Tunesier mit chli Bier het zersch no liislig gsuret, schlussamänd isch de Brunner iignickt, zwüschen Alpespitz und Chrüüz.

S isch scho lang hell veruss, won er sich rodt. Er streckt sich uf sim Hockerli, dehnt di stiiffe Muskle. Immer wider zwickts ne doo und deet, wie wenn öppis underwägs wäär in em inn.

S Müllers spüelen obedraa. De Block isch zwänzgi, oordli pflegt, aber schlächt isoliert. Vor allem znacht verwachet er, wenn s Müllers uf en Aabee müend. De liit er ame doo und werweiset. D Marie oder d Klara? Rotwii oder Kamilletee? Und wie vil ächt öppe?

De Teckel tätscht uf d Brülle. Immer no ruuschets i der Leitig. De Brunner isch no ni richtig wach, er lüpft de Chopf. – Verfluemert, was isch denn au? Jetz müessts doch öppe höre! – Aber s Ruusche wird lüüter, und de Brunner gspüürt öppis Chüels under em Tisch. Won er drunderluegt, stöhnd sini Füess in ere brüüntschelige, seichelige Sütti – und de Pegel stiigt scho gäge d Chnöi. Kei Riss i der Wand, nienen e Stell, wos rünnt, und d Kleider sind ganz troch. S Wasser isch eifach doo, s wird immer meh. Debii isch de Drehkipp offe, sogar d Chuchitüüre, sperrangelwiit.

De Brunner luegt zu der Tüüre, s het ne tunkt, s bewegi sich öppis. E Hand, si winkt, wie wenn si öppis z sääge hätt. De taucht de Räscht vom Körper uuf. De Brunner traut sinen Auge nid. D Hand ghöört zu der Katrin. Bockstiiff und füdleblutt stoht si vor em i der Chuchitüüre. D Huut gseht ungsund uus, es späckigs Wiiss. Di lange, bruune Hoor het si über d Achsle ggrüert. Si lächlet fiin, si lachet nen aa, macht s Muul uuf, lachet, immer lüüter, gigelet und schüttlet sich, di chliine Brüscht gumpen uuf und ab. Es himmeltruurigs Grinsen isch es, Hohn und Spott und böös und chalt. Noodignoo verschwindt das Bild, es bleichet uus, aber s Glächter bliibt, jetz brüelets, töiff im Bass, es bäffzget und es bället.

«Aus, Rosa, pfui! – Jo, chumm jetz, mach schön Sitz», rüefts under em Chuchifäischter.

De Brunner schüüsst vom Hocker uuf. D Noochberi uf der Weschtsiite. Linggs und rächts schleickt si e Fuetersack uf en Iigang zue, und de Hund cha nid höre, a der junge Frau ihrem Jäggli umezchätsche.

Im Brunner ziehts alles zäme. – Doo chöme di zwöi rächte, tänkt er. D Frau Pharma-Assischtäntin und ihres Hobby. Das het jetz grad no gfählt. E Weimaraner isch nid zum Gfätterle, Frau Pharma! – Heimatsack! E soon en Oobe, soon en Nacht, am Morge di beiden Alten überobe – und jetz no diir. – Was söll das für n e Taag wäärde, wenn er mit öich aafoot? Huere Siech, was mach i falsch? Also guet. Jetz mach i Tee. Dass i sicher nüüt falsch mache. Entspannigstee. Mol luege, was no alls passiert.

De Brunner tuet s Wasser ob, höögglet vom oberschte Tablaar s einzige Tassli abe. Ganz genau luegt er d Glasur aa, wie öppis, won er scho ewig nümme gseh het. – Schrumpfriss. Oder wie seit me dem scho wider, Grace? Dass es e glaasig glatti Flächi soo schöön cha verriisse. Wie verbröösmeleti Sunneblueme. Mängisch han is richtig gnosse, vor allem i der Bibli-Ziit. Nach eme Taag *Psychologie des Kindes- und Jugendalters* e schwaarze Tee us dem Tassli, de Kartongschmack vom Automatekafi usespüele. Jetz chunnts mer wider: Shino-Glasur. Oder nid? Irgend in eme chliine japanische Laade z London häm mers gchauft. «Excellent quality», hesch gseit, und soo vil hets öppen au gchoschtet. – I mues wider choo, Grace. I chume wider. De verzell der daas mit em Kartongschmack. Und alles anderen au.

Er füllt s Tee-Ei mit em letschte Räschtli Oolong, won em d Grace gschänkt het. Vo der taiwanesische Grossfamilie Lei uf zwöituusig Meter obe pflegt und Blatt für Blatt pflückt, under riisige Sunnesägel tröchnet. Uf em Schachteli verspräche s Leis i beschtem Änglisch e bluemigi Intensität. Er tümpft s Ei i s Wasser, rüert de Brief vo der Katrin uf d Biigi mit em Altpapier. – So. Es Teeli und e klare Chopf. Nachhäär dureschnuufe. Früschi Luft.

De Summer duur isch de Brunner Taag für Taag i der Bibliothek ghocket und het glehrt uf d Prüeffige. Sini Biblitääg sind zimlich duretaktet gsii. Büglen ab de nüüne, Kafi starch am zähni, am zwölfi Mittag bis am eis, Kafi schwach am drüü, Fürooben am sächsi. Am Donnschtig, wenn de Lääsisaal bis am achti offe gsi isch, hets am föifi no mol e Kafi starch ggää.

S sind immer die Gliiche gsii, wo am Morgen i Lääsisaal choo sind. De Jurischt mit Zahleschloss am Güferli, der Ethnolog im orangeroote Strickpullover, zwöi Psychologiestudäntinne, wo beid di gliichlig eggig Brülle gha händ. D Schwingtüür het ggiiret, jedes Mol, wenn öpper choo isch oder ggange. Vor allem bi de Nöije händ alli gnauer häreggluegt.

Eini, wo baarfis lauft. Wiissi Leggings und e liechte Pluderpulli bis a d Chnöi. Si lauft a de Tischreihe verbii, wie wenn si wüsst, wohii. De Brunner träajt sich um, luegt ere noo, fasch zhinderscht hockt si ab – näbe dere mit em Edelsteindli i der Nase, won er duss bim Kafiautomat begegnet het. S isch no kei Stund häär gsii, si het am Empfang öppis bstellt und isch de ine go waarte. Kei Mucks het si gmacht, und wo si di vergilbte Heftli äntlich vor sich gha het, isch si no stiller gsii. Jetz aber chüschelets deet hinde. Der Ethnolog i der Reihe voredraa hueschtet luut. Aber s Gschnäder hört nid uuf. «Aastand bitte – Schnure zue!», bloost er uf Züritüütsch i d Luft, und s nützt. D Baarfisfrau stoht uuf und macht e graade Rügge. Im einte Bagge schmunzlets no zum Grüebli uus. De goht si, weidli, liislig, d Tüüre giiret, wie wenn nüüt gsi wäär.

Das Gsicht, het de Brunner tänkt. Das Lächle. Die Lippe. Soo chönnt öppis aafoo, wenigschtens e spoote Summer lang.

Am zähni, wo sich de Brunner pückt het, zum de Kafi starch vom Gitter neh, het er müesse schmunzle: zwee blutti Füess under eim vo de Zedelchäschte. Obedraa s Gsicht vo der Frau, wo eersch no der Ethnolog i d Sätz proocht het. Ihri Fründin isch jetz au grad zum Saal uuschoo, het di gglääsne Heftli zum Zrugggää uf e Treese ggleit.

Eigentlich het er nume welle Ziitig lääse, wie immer, aber de isch er mit zwo Fraue, won er gar nid kennt het, im Sitzeggli bim Fäischter voore ghocket. Richtig zäme ggredt händ s nid; s isch meh es Uusfrööglen gsii, es wächselsiitigs Gwünderle. «Scho im dritte – läck!» «Und wo – jo säg.» «Nenei, bim Guggebüel.» «Und Römisch Rächt dänk au.» «Jojo, Statistik bis zum Gehtnichtmehr.»

«Also de – morn wider», het de Brunner gseit und s Bächerli i Ghüder grüert. D Katrin het nume ggläglet und isch ggange.

Mornderigs isch si tatsächlich wider deetghocket. Elei. S offne Gsicht, di wiisse, regelmäässige Zähn, di töiffen Auge, wo mängisch öppis Chinesisches gha händ. Daas Mol het si Schueh aaghaa. Aber s Lächlen isch no s gliiche gsii. Dass me soo cha lächle, het de Brunner tänkt. So chinesisch. Und de no als eini, wo wott Aawalt wäärde.

Über Rächt und Grächtigkeit händ s ggredt. Über Ethik und Moral und Gott und d Wält.

Undereinisch het d Katrin gfrogt, was er süsch so miech.

De Brunner het si lang aaggluegt und überleit. Er spili Trompete, het er gseit. Und Pfadileiter sig er au. So ärnscht wie möglich het er d Katrin aaggluegt.

«Nice try», het si gseit. «Aber so liecht ghei i nid ine.» Si het a ihrem Pluderpulli umezupft, de isch si ganz graad häreghocket.

«Okay, muesch nüüt sääge. I weis es. Du schriibsch. Sonderpädagoge schriibe. Kei Ahnig, me gseht ders eifach aa.»

De Brunner het sich fasch verschlückt am Kartonkafi. De het er müesse lache. E Schriftsteller heigis schoo, i dem Irrehuus – hinde linggs, am Fäischter, het er gseit. Aber dää seig wie immer im Summer uf der Alp am Chääsen und Chueflade tröchne.

«Und was das Brunner'sche Werk betrifft», het er gseit, «drüü Gedicht i der Schuel. Eis über ne Cherze, wo abebrünnt; eis über s Noochbers Chatz, wo überfahre woorden isch. Eis über d Brüscht vo der Muriel, wil i i der Badi di falsch Umkleidekabine verwütscht ha. Voilà. Und nööchscht Wuche han i Abschlussprüeffige. S wird also grad nid meh Literarisches derzuechoo.»

«I hätt im Fall gwettet», het d Katrin gseit und gglächlet. «Wäg de Finger.»

«Genau, Klavier spile chan i au nid. Wäg de Finger. – Aber vilicht schriib i de scho no einisch es Buech.»

«Ehrlich!? – Über was?»

«Ersch, wenn i pensioniert bi. Als junge Schnuufer sett me keni Büecher schriibe.»

«Und wisoo nid? Wenn d öppis z sääge hesch –»

«Ebe. S Problem isch nid, dass me nüüt z sääge het, sondern dass men alles wott sääge. Alli Chnöörz und alli Füürz – s ganze Läbe. Das, wo d bisch, und das, wo d wäärsch. Ase jung wottsch immer alles verzelle, allne, wos gar nid wänd ghööre.»

«Biispil?»

«Sorry, aber i bi kei Lääser. – Doorum red i jo vo miir. Ich has ehner mit em richtige Läbe. Mit dene, wo nid so z Schlaag chöme. Mit dene, wo scho mit de Hellluut Müeh händ, verstohsch. Mit dene, wo nume no mit Ritalin gfueret wäärde.»

«Son es Buech müesstisch schriibe.»

«Wett i daas? S wäär mer z wenig. – Alles wett i. Alli Sunnegümp und Schattesprüng. – Nenei. Mit Schriibe sett me waarte – und de nume die Büecher schriibe, wo men au im Alter no guet findt.»

«Und was schriibtisch de als alte Sack?»

«Säge mer ab vierzgi.»

«Also, was schriibtisch de als Abvierzgi?»

«Irgendöppis Truurigs.»

«Sicher nid. Niemer wott truurigs Züüg läse.»

«Was de süsch?»

«E Liebesgschicht.»

«Ebe. Liebi, Tood und Tüüfel. Süsch muesch es jo nid uufschriibe. – Glück isch nüüt für gueti Gschichte. Glück isch nid für zum grüble. Muesch es eifach gnüüsse. Süsch isch es keis.»

«Lehrt me das i der Sonderpädagogik?»

«Uf jede Fall lehrt me, was me bi dene cha mache, wo nid so Glück gha händ. – I meine, gits e Mueter, won es Buech schriibt über ihri perfekt Geburt und ihres wunderbare Chind? Andersch ume: Gits e Mueter, won es Buech schriibt über ihres Chind, wo bi der Geburt fasch gstoorbe wäär, sich i s Läbe kämpft und trotz siner Behinderig jede Taag chli meh Fortschritt macht? – Gsehsch.»

D Katrin het d Ärm verschränkt und us em Fäischter gglueget, de zum Kafiautomat übere. «Okay, i ha verloore», het si gseit und mit em lääre Bächerli gspilt.

«I meine, früecher han i Briefe gschribe», het de Brunner wider aagfange. «Isch doch genau s Gliich. Schriibsch doch niemerem, für zum sääge, dass d grad im Momänt eifach numen extrem happy bisch.»

«Und wisoo schriibsch kei Briefe meh? – Schriibe statt rede isch jo no praktisch. Oder säge mer: e praktischi Art z rede.»

«Weis nid. S fählt mer öppis. Au bim Maile. S Gsicht. D Auge fähle mer.»

«Aber schriibsch mer de gliich?»

«Wäge?»

«Wenn d s Buech gschribe hesch.»

«Klar. – Hesch mer d Handynummere?»

De Brunner het gglachet. De nümm. S isch em sälber e chli plump voorchoo. Und wie wiiter, het er grad au nid gwüsst.

D Katrin het e Momänt überleit, öb si ächt söll sääge, für Briefe bruuchis nid immer zwöi, me chönn sich jo au sälber schriibe. De fähli eim nüüt. Und de Brief chääm sicher aa. Aber ebe, nid *Liebes Tagebuch*, sondern *Liebe Katrin*. Bim Rede miech men immer es Ghüder, bim Tänke sowisoo. Aber bim Schriibe gäbs en Oornig, automatisch. Und vor allem: Me schriibi nüüt vo sich ewägg, sondern immer uf sich zue. Das hätt si em Brunner gärn no gseit. Aber de het si gmerkt, dass er tatsächlich uf d Nummere waartet.

«Vilicht cha me bis denn SMS vo Hand schriibe», het si gseit.

«Aber vilicht göh mer jo scho vorhäär mol e Wii go trinke. Oder so.»

D Katrin het gglächlet, dass es Grüebli ggää het im Bagge. Bevor si zu der Tüür uus isch, het si nomol umeggluegt. D Auge händ Chinesisch gredt.

Immer wider, sit er nümm deheime wohnt, fahrt de Brunner dur d Stadt i d Matten abe, zum grosse Chriesibaum. Niene chan er besser de Chopf verlüften als deet unden am Fluss, won er uufgwachsen isch. Scho als Bueb, wos uf der riisegrosse Matte nume chliini Hüüsli gha het für chliini Lüüt, het er bim Chriesibaum es Plätzli ghaa, wo für ihn elei gsi isch. Und scho doozmol het er gwüsst, dass d Böim au Ohre händ, und gueti; ersch rächt si Chriesibaum. Zuelose het dää chönne wie süsch niemer. Doorum het er au di gheimschte Gheimnis dörfe wüsse.

De Brunner verstöikt de Messi und de chlii Ronaldo vom Tschuttiplatz, hocket under em Baum a Bode. S isch zwar scho nach em Mittag, aber d Sunne het d Herbschtfüechti no ni mögen us em Bode zieh. Er leit de Pulli under s Füdli, luegt über d Matten ie und schüttlet de Chopf. Früecher het er s Elterehuus vo doo no gseh, hinder em Bluemerabattli und em Beeriblätz. Jetz stöhnd zwo Reihe Betonchlötz vordraa mit töönte Fäischter und mit Gäärte, wo Roboter drinn umesure, vo der dritte Reihe stöhnd scho d Bauprofil. S Ufer isch e vornähmi Auelandschaft woorde; gäge Weschte, bis zu der Bahnlinie zue, wächslet uf der grosse Wise de Rummelplatz mit em Zirkus ab.

Aber dii haut das nid um, Chriesi, tänkt de Brunner, tätschlet d Rinde. Und pressant hesch es au nid. S chönnt hüt drum länger goh. – Also guet. Was notiere mer? Wo föönd mer aa? Wie luegt mer uf s Ändi zrugg, wenn me s Gfüel het, s sig no gar ekeis? Eigentlich wäär alles fertig, nach son eme Brief mit föif Wörter. Abhööggle, vüreluege. Aber es Ändi cha soo öppis jo nid sii. So eifach isch es nid. Vor allem nid so eifach, wie du ders machsch, Frau Jurischt in spe. Jurischterei – scho nume das: e schlächte Witz. Nach allem, was d mer verzellt hesch, sind all di Gsetz und Paragrafe nüüt als Chrücke, wo di uf de Bei hebe. Vergiss es. Daas, was si der gnoo händ mit drizähni, findsch i de tickschte Büecher nid. S Chind, wo si kabutt gmacht händ – s wird nümme ganz. – Uf s Rächt wottsch di verloo. Uusgrächnet! S Rächt vom Chind, uf daas wäärs aachoo. Chasch di gschiite Büecher ghüdere. Oder hesch de Paragraf scho gfunde, wo kabutti Seele flickt? Wenigschtens es bitzli hilfft? Das mit em Gsetz isch nobis, Ka. Du bruuchtisch andere Bode, zum wider lehre lauffe druff. Wottsch es nume nid wohrhaa. – Jetz verstohn i das mit em Schriibe. Hesch Rächt, du bruuchtisch e Schriftsteller, e richtige! Die chöme druus mit Böden und em Bodelose. Und was hesch gfunde? E Sonderpädagog mit drüü Gedicht, won er nid emol meh findt. Irgendwie, wenn d mii frogsch, bisch am Arsch. So vil zu öis. Schööni Ändine gits nid. Und Ändi, wos würklich sind – die wünscht me niemerem.

De Brunner luegt, wo d Tschuttibuebe sind. Er pfiifft zum Spiilplatz hinderen und winkt. «Zwöiti Halbziit», rüefft er, stoht uuf – und schnuufet ii, so töiff, wies goht.

Won er d Tüür uuftoo het, isch zersch s Parfüm inechoo. S isch em gsii, si heigs vor sich häärgschobe, s süesse, schwääre Häärz – zum sicher sii, dass au de Räschte guet aachääm. Uf jede Fall het em Brunner sini Wohnig der Katrin ghöört, bevor si dinn gsi isch. Und de Duft, wo mitchoo isch, het ne packt. Chli süess, chli schwäär. Er het zwar nüüt vo Parfüm verstande, aber sini Naasen isch sich sicher gsii.

Nach de Billard-Ööben i der Stadt und de Spaziergäng am Fluss het de Brunner mol welle choche. «Aber öppis Rächts», het er gseit. D Katrin het gglächlet, mit em breitischte Muul.

«Sonniges Hochsommerwetter in allen Landesteilen», het de Wätterfrosch gmäldet. De Brunner het de Gaartetisch parat gmacht, won er den Elteren abgläschelet gha het, und die nigelnagelnöije Tischset häretoo.

Nach em Chateaubriand mit drüü Salööt isch es langsam tunkel woorde. De Brunner het s Wiiglaas zu der Katrin überegstellt, isch zuen ere ghocket. Vom Parfüm het er nume no d Basis gschmöckt, irgend e schööni Blueme, hets ne tunkt, es sältnigs Gwürz. Won er mit der Hand under d Bluuse gfahren isch, het er öppis gmerkt, aber nume halb, und de het si s Chini glüpft, ne küsst uf s Muul. Si sind a Bode züglet, de Beton isch no waarm gsii vo der vile Summersunne. D Katrin het Hüenerhuut ghaa, und jetz isch de Brunner sicher gsii. Steihert isch de Buuch gsii, won er gstreichlet het. – Er luegt si aa, d Auge sind wiit offe, läär, und d Lippe dünn, e gnääjte Striich.

«S tuet mer leid», seit si. «En Art e Chrampf. Chasch nüüt defüür.»

Si leit d Bluuse wider aa, hocket a Tisch. De Brunner schänkt Wii noche.

«Es Liecht isch vilicht no guet zum rede», seit er. Er schoppet s Hömmli i d Hose, de goht er ine, go e Cherze hole.

D Flamme flackeret, gspässigi Schätte tanzen a der Balkonbrüschtig. D Katrin chratzet waarme Wachs us em Undersätzli. E Pyramide chnättet si, e Würfel, e Chugele.

«Also, mini Mueter» seit si und luegt voorabe. «Si isch e Starchi gsii, bis am Schluss. Voll vo Morphium, de Chräbs het si eigentlich scho gfrässe ghaa, aber si het no ni welle stäärbe. Meh han i nid gwüsst; i bi jo ersch drizähni gsii. Aber de Vatter –»

D Katrin rüert de Cherzewachs über d Brüschtig, schiebt sich vom Tisch ewägg. Us em Handtäschli nimmt si s Flacon, sprützt sich chli a l Ials.

«S isch ihres gsii», seit si. «Sit si tood isch, ghöört er miir, dä Duft. Und mängisch hilfts.»

De Brunner hätt gäärn öppis gseit. Aber er het numen es Möckli Brot us em Chöörbli gnoo und d Gläser gfüllt.

«Okay, nex try», seit d Katrin. «Aagfange hets vier Wuche, bevor si gstoorben isch. I meine, daas mit em Felix. – De Fründ und Gschäftspartner vo mim Vatter, irgendöppis mit Immobilie, i has nie rächt begriffe. Vierzgi isch er gsii, Gäld het er gha wie Höi. Er het mer alles zlieb too, was me cha, mängisch het er mi sogar i d Schuel gfahre, mer schööni Sache gschänkt. Er isch eifach andersch gsii, verstohsch. Immer nätt, immer es liebs Wort. Und einisch an eme Sunntig het er mer es Küssli ggää. Zmitts uf em See uss, uf sim Boot. I ha nüüt Bööses tänkt. Mine Fründinne han i schliesslich au Schmützli verteilt. – Er hets eifach guet gmacht. Solang er nid ganz sicher gsi isch, het er gwaartet mit em nööchschte Schritt. Und ii bi drizähni gsii. Dass es irgendwie nid stimmt, wenn der eine per Äxgüsi zwüsche d Bei längt, d Brüscht streichlet oder zue der i d Baadwanne wott – klar han is gspüürt, und einisch han is au em Vatter gseit.»

Si nimmt e nöije Flade Wachs, wallet nen uus, trückt mit em Tuumenagel töiffi Chleck drinie.

«De isch d Mueter gstorbe. Si sig eifach iigschlooffe, händ si gseit. – I ha si nie soo welle gseh. Für mii isch si nid tood gsii. I ha welle, dass si schloofft. Wenn me schloofft, verwachet me wider. – Uf jede Fall, de Felix het e Reed gha a der Beärdigung. Wunderbar het er gredt. Alles, was i tänkt ha, het er gseit. Ersch doo han i chönne brüele.»

«Mischt», seit de Brunner. Mit der Serviette tüpflet er de Wii uuf, won er näbedureggüderet het. Und de weis er nid, wohäre demit. «Sorry, grad im tümmschte Momänt», macht er und schoppet d Serviette under e Tällerrand.

«Gits au gueti Momänt, zum tüüre Wii verschütte?»

«S git au kei gueti Momänt zum stäärbe. S isch immer falsch. – Und chasch nid hälfe. Gääbsch alles derfüür, dass d chönntsch. Aber chasch nid.»

«Wisoo weisch das?»

«I stell mers eifach so vor. Wenn d merksch, dass d Mueter immer weniger wird. Und de nüüt meh isch.»

De Brunner biisst sich uf d Lippe. S isch nid s erscht Mol, dass em um enes Hoor öppis useggrütscht wäär wäg em Brüeder und em Laschtwaage. I der Schuel, a der Uni – immer, wenn öpper vom Tood gredt het, isch er druff und draa gsii, vo siich z verzelle, zum di andere trööschte, zum sääge, si sige nid elei. Aber immer het ers chönne verchlemme. Nid emol mit den Eltere het er über en Umfall gredt, doozmol. Die händ sälber gnue z chöije ghaa draa. D Wuet und d Truur het er für sich bhalte. Und isch ame doch öppis obsi choo, de isch ers em Chriesibaum go verzelle, oder er hets eifach wider i sich inegschoppet, guet versoorget zinnerscht inn.

«Fasch nid uuszhalte. Stell i mer vor», seit er und schlückt.

«Irgendwie bin i sälber nüüt me gsii», seit d Katrin. «Drizähni. Ohni Mueter. Bisch eifach nume no nüüt. Und won i mi wider einigermaasse gspüürt ha, bin i vor allem einsam gsii. – Doo het er de letscht Schritt gmacht. Won i gnue einsam gsi bi. Mit de Gspäänli i der Schuel han i jo nid chönne rede, und de Vatter isch immer underwägs gsii, immer irgendwo uf eme Bau oder bi de Jäger. Süsch han i nume no mis Hündli ghaa, de Zottel. Dää het zwar guet chönne zuelose, aber nid rede. Für daas han i de Felix pruucht, de Fründ vom Vatter, und irgendwie au miine. Äär het Ziit gha. Immer. – I weis nume no, dass Musig gglauffen isch bi ihm deheim. Öppis Uuralts. Immer isch die Ziile choo: *I am the eye in the sky, looking at you*». Jedes

Wort isch iiprönnt i mim Hirni. Und dass es immer hell gsi isch oder es Liecht prönnt het, wenn er mer s Liibli glüpft, mi gstreichlet het, überall, und nachhäär uf mi ufegglääge isch. – Föif Johr lang, zimlich gnau.»

«Und de Vatter?»

«De Vatter hets jo gwüsst.»

D Katrin macht e Schlitz i Cherzerand. De Wachs rünnelet em Schaft noo abe, sammlet sich im Undersatz. Oben am Rand bliibt de letschti groossi Tropf hange, streckt sich, ticket ii, bevor er doch no gheit.

«De Fründ oder s Chind», seit d Katrin. «De Vatter het sich entschide. Glaub mer: No hüt wüürd er sich für e Fründ entscheide. Und jetz mag i nümm.»

De Brunner isch uufgstande. Im Balkonfäischter händ sich d Fläsche und zwöi Gläser gspieglet, im Hindergrund di schwääre Äscht vom Cheschtenebaum. Er isch über d Brüschtig gglähnet, het i Himmel gluegt. E tunkelblaui Nacht.

Zhinderscht im Schäftli hinden e Packig Maccheroni, s letschte Glaas Tomatesoosse scho im Altglaas-Sack. De Brunner macht e Miine. «Dem Fall blutt mit Parmesan. Henusode.»

Er suecht e Pfanne, luegt i der Chuchi ume. De Schüttstei isch voll bis zobersch, Täller, Kafitassli, Beckli, Gläser, Bsteck. Uf der Ablaag Büchsen und Verpackige, Ravioli, suuri Artischocke.

Während em Studium het das andersch uusgseh. Gchrampfet het er, nid numen a der Uni, und Oornig ghaa. I de lange Semeschterfeerie het er tschöpplet, ordeli verdient. Figgi und Müli het er welle haa. Entweder grad nach em Abschluss go schaffen oder zersch e Pause, dureschnuufe, langsam Aalauf näh i Prueff. Er het lang gwerweiset und sich de nach der Schlussfiir fürn e Pausen entschide. Won er d Katrin kennegleert het, isch er sicher gsii, dass er alles richtig gmacht het. Nie het er müessen i Kaländer luege, zum si träffe, nie het er e Termin verpasst, wenn er am Morge no chli ligge pliben isch. Luuter Lääri, jede Taag e Glägeheit, s Läbe zun emen Aafang zämezbüschele. Chli Liebi, chli nüüt, chli alles. Und kei Studäntechuchi meh, sondern Gmües, Saloot und Frücht.

Won er jetz no einisch i der Chuchi umeluegt, zum d Pfanne finde, taagets em. Der einzig Öpfel wiit und breit het er lo verfuule – und i der Töibi inn vertätscht. Im ganze Puff inn schöön verteilt: lääri Tunesier und gchöpfti *Chopfab*.

Momoll. Und daas i nid emol drüü Täg. Am Friitig z Oobe Krach, am Samschtig schwaarz, am Sunntig waarte, am Mäntig Bewäärbige, *Es het mi no* und wider schwaarz, hüt am Morge d Sitzig mit em Chriesibaum. Und jetz? Nüüt Rächts z frässen i der Hütte. – Tami, Brunner! Was isch los? Das Floonerläbe tuet dir gar nid guet. Und Briefe lääsen au nid. E Sitzig mit dim Chriesibaum – spinnsch eigentlich? Wäge chli Abschiid von emen Aafang, wo gar nie eine gsi isch.

De Brunner längt sich a Chopf. Hinder em Zähnerpack Bier buuchet d Pfanne vüre. Er macht es Gsicht wi eine, wos gruuset, aber nid rächt weis, ab waas. Er schabet di herte Risotto-Chruschten ab, nachhäär setzt er Wasser uuf.

Bi der Haltstell äne fahrt de Bus zue. De Brunner luegt uf d Uhr.

«Oha», seit er. «D Frau Pharma mit der Rosa. Oder umgekehrt.»

Chuum goht d Bustüür e Spalt breit uuf, hechtet der anthrazitig Weimaraner uf s Trottoir. Luuter Muskle, glänzigs Fääli. Hindenoche, a der Leine, d Frau Nyffeler. «Halt, Rosa, stopp!», rüeft si. De Hund gumpet an eren ue, macht Sätz i d Luft und bället im töiffschte Bass. «Sitz, Rosa, mach schön Sitz», seit si und zeigt mit em Finger uf e Bode. De Hund suecht wie verruckt, aber deet, wo de Finger härezeigt, hets kei Möckli. Er secklet um si ume, sii trääjt sich mit, probiert z wehre, wos goht.

De Bus isch scho lang wiitergfahre, wo si parat sind, gäge Block zue z lauffe. D Rosa voruus, d Frau Nyffeler hindedrii. Scho paarmol het de Brunner das Schauspiil gseh; am

Aafang het er nid rächt gwüsst, öbs e Tragödien isch oder e Komödie oder beides zäme.

Vor eme guete Monet isch d Frau Nyffeler iizoge – i d Wohnig näbedraa, Hochparterre. Und vom erschte Taag aa isch de Brunner dankbar gsii für jedi Stund, wo si nid deheim gsi isch. Vo der Marie Müller het er ghöört, si schaffi i der Bahnhofsapiteegg, allem aa seig d Rosa amen irgendwo i der Hüeti, das aarme Tier.

D Marie Müller isch es au gsii, wo d Idee mit em Brief gha het. «Iigschriben a d Verwaltig», het si gseit, chuum isch d Frau Nyffeler rächt iizoge gsii. Sit zwänzg Johr wohni si jetz doo, het d Marie gseit bi de Briefchäschten unde, zwänzg Johr, aber soo seig das kei Läbtig meh; d Klara sägis au. Es seig jo scho verruckt; me ghööri nume guets, e Flotti seig si, d Nyffeler, au prueflich wäärd si nume ggrüemt. Wüürklich, es oordligs Frölein, doo well si gar nüüt gseit haa. Aber es Chalb im gliiche Zimmer. Esoo öppis. Tierliquälerei seig daas, di chliinschte Wohnigen im Block heige jo nid emol e Balkon. Und läbesgföhrlich seigis au. Mit ihrem Oberschänkelhals trau si nümm zum Huus uus, me wüss jo nid, wenn s Chalb zu der Tüür uus gschosse chääm oder eim dussen irgendwo übere Huuffe rönni. Am Oobe chönn si ersch i s Bett, wenn dä Kärli äntlich müed gmacht seig und nümme mögi bällen oder tschutten oder Plastiggchnöche foo. Soo gieng das nid, het d Marie gseit. Doo mües me sich doch wehre. – De Brunner het versproche, er setzi öppis uuf, sälbverständlich au im Name vo der Klara. – De het ers gliich nid gmacht, immer wiiter usegschoben i sim lääre Kaländer.

Am letschte Friitig het er zuefällig i d Wohnig vo der Frau Nyffeler gseh. S schmaale Biigeli us em Briefchaschten i der Hand, isch er grad die paar Tritt uf s Hochparterre-Bödeli ufechoo, wo d Tüür uufggangen isch. De Hund isch usegschosse, het d Frau Nyffeler hinednoche ggrissen und pället, wie wenn er hinder eme Reh noo gsi wäär; s Echo hets im ganze Stäägehuus umgeppänglet. De Brunner het e Satz uf d Siite gmacht, numen es Aug voll chönne näh vom Zimmer. Es Kajütebett, e runde Tisch, zwee Stüel. Meh het er nid möge gseh.

Won er d Poscht sortiert het, isch em dure Chopf, wie sis ächt mieche, di zwöi im Kajütebett. – D Frau Pharma oben und d Rosa unde? Allwä schoo. Es seig de, d Rosa –. So genau het ers gar nid welle wüsse. Aber gschwoore het er sich, er schriibi jetz d Beschwäärden a d Verwaltig, er hocki grad häre. – Und de isch em das mit der Katrin derzwüsche choo. Ihre Brief, zwüsch em Flyer vom Pizza-Kurier und der Chrankekasse-Rächnig.

S Maccheroni-Wasser chochet. De Brunner gheit d Röhrli ine, s sprützt und pfüüset uf der heisse Platte. – Zäh Minute, Ka, miraa föif, das längt. Wenn duu nüüt seisch, de red halt ii. Und i wott di gseh. – Zeddeli schriibe, tschuldigung, das isch Primarschuelzüüg. Esoo hört das nid uuf mit öis. Esoo chunnsch mer nid druus. Nid nach zwee Mönet.

De Brunner tippet s Nummero i s Handy. Bi der Frau Nyffeler äne chnurrets, chüblets und bolets. Es töönt, wie wenn e Gummiball am Boden und a de Wänd umespickti. Und immer wider chratzet und schliifft öppis über s Laminat, bis es brätschet a der Wand.

«Der Teilnehmer ist momentan nicht erreichbar», seit d Frau im Telifon. De Brunner schüttet s Wasser ab, riibt Chääs i d Pfanne, Täller mag er keine sueche; defüür nimmt er es *Chopfab* zum Chüelschrank uus. Er schoppet e Gable voll Röhrli inen und macht mit em Mässer über di halb Breiti e graade, töiffe Chritz i Tisch.

«Öppen esoo», seit er. «E suberi Sach.»

In der Füdlitäsche piipsets. De Brunner loot d Gable lo gheie, luegt uf s Display und nimmt e groosse Schluck.

Im Schritttämpoo fahrt d Katrin dur s Quartier, bi de letschte Hüüser luegt si schnäll uf d Uhr. Nach em Fahrverbott gohts gääch doruuf, de Fäldwääg macht Chehrine, bis a Waldrand ue. D Schiibewüscher tüend wie verruckt, a de bsunders pflotschige Stelle trääje d Räder vom Jeep dure, de Motor hüület, bis es unde wider griift und wiitergoht. Uf halber Hööchi luegt si ufen a Waldrand, zum Bänkli vom Turnverein. Si gseht öppis, aber de mag de Schiibewüscher wider nümme bchoo.

Wo si äntlich doben isch, fahrt si em Waldrand noo, halb uf em Wanderwääg, halb im Wasen inn. Grad vor em Bänkli stellt si de Motor ab, streckt de Chopf zum Fäischter uus und lächlet.

«Stiigsch nid uus?», seit de Brunner.

«S schiffet.»

«Jetz, wo ds seisch.»

Er gumpet vom Bänkli uuf und verrüert d Ärm, dass es sprützt, wie wenn sich e nasse Hund schüttleti.

«Hesch jo sicher nid lang», seit Katrin. I mues no bim Vatter im Gschäft verbii. Morn mues d Buechhaltig fertig sii.»

«Numen ei Froog, Ka.»

«Söllsch mer nid Ka sääge, tamisiech. Du schnallsch es eifach nid.»

«E Froog, und denn e ticke Striich, under alls. – Wisoo machsch das? Wisoo laufsch mer devoo?»

«I ha gmeint, du heigsch mer öppis z sääge.»
«Chönne mer nöimen vernümftig zäme rede?»
D Katrin macht sichs bequemer hinder em Stüürraad, kurbelt s Fäischter soo wiit ufe, dass es nümme ineräägnet.
«Für zum rede bruuchts zwöi», seit de Brunner.
«Oha, lueg, de Sonderpädagog. Förderen und fordere. Merci vilmol.»
«Zwöi, wo wänd.»
«E Striich zieh wäm mer. Oder han i öppis falsch verstande?»
«Zersch de Kompanieoobe vom Brüeder, denn de Geburtstaag von ere Kollegin, denn Tennis mit eren andere Kollegin. Drüü Mol häm mer abgmacht zum rede, drüü Mol hesch mi lo hocke. – Super, bisch überhaupt doo hüt. Aber klar, hesch au jetz kei Ziit. – Was söll das, Katrin? Das mit em Brief. Di ständige Verarschige. Das jetz. Öppis isch passiert.»
«Hey, das mit öis isch es Missveständnis gsii und mer händs iigseh. Also mache mer keis Problem druus, okay?»
«Es isch scho eis. Und doorum sette mer rede.»
«Also mach. Ei Froog, hesch gseit.»
De Brunner schüttlet sich wider, luegt am Jeep verbii. De Hoger uuf tampfets, wiit unde di grosse Villene, e der Katrin ihres Elterehuus hocket hinder eme ticke graue Vorhang.
«Weisch, wisoo dass i mer daas loo lo biete? Wil i wott wüsse, was hinder dem Lächlen isch. Doorum stohn i doo im Schiff und luegen uf di fetti Hütte vo dim fette Vatter abe.»

«Schlächti Froog. – Und abgseh devoo isch es mi Vatter.»
«Ebe. I bi grad fertig. Nume daas: Kabutt machen isch eifach. Aber Verantwortig übernäh –»
«Fahr mer ab mit dem Psychoscheiss.»
«Also machs äntlich, huere Sack! Stoh häre! – Vor eme Monet, zimlich gnau, han i wüürklich gmeint, du heigsch es gschafft. Drüü Wohnige hättsch chönne haa, gueti Mieti, alles top. De hesch de Zottel zwöi überchoo. Clevere Vatter. Wenn s Töchterli uufmuckset, wenn d Hushaltshilf und d Buechhalteri s Läbe sälber wott i d Händ näh, gits es Zückerli. Öppis, wo si unbedingt het welle. – Und was machsch? Du gheisch druuf ine, bliibsch deheim. Braavs Katrinli. Zwöiezwänzgi – aber wett de Papi nid enttüüsche.»
«Für daas bin i do ufegfahre?»
«Du machsch ders sälber kabutt. Tscheggs es nid? – Stoh mol häre, lueg di aa! De müesstisch nümm so Schiissbriefe schriibe!»

De Brunner lauft ume Jeep ume, rüert d Kapuzen i Äcke und stiigt ii. D Katrin rütscht automatisch übere, stieret a d Windschutzschiibe, wo vo der Siite häär aalauft, bis me chuum no usegseht. Irgendnöime blitzts, chuurz drufaben e Tonner, es Rumple und Brägle wie zun eme tunkle Buuch uus. Über em Taal unden aber riissts scho uuf. E blaue Streiffe Liecht.

«Jetz ischs glaub dure», seit de Brunner.

Katrin het sich mit beide Händ am chliine Telifon. Si schnuufet uus, gheit i sich zäme.

«D Nacht isch e Tunnel», seit si vor sich häre. «Vo linggs und rächts gumpe di Stimmen aa, wänd öppis vo der, rüeffe der öppis zue, alli öppis anders. Si göhnd i di ine, fülle di uuf, bis es wehtuet, und si säge nüüt. Aber s isch alles ei Stimm, dini eiget, und du kennsch di nümm. Du wettsch, dass es di vertätscht, du wettsch verwache, aber du tröimsch gar nid. Du früürsch und tänksch a d Sunnen äneföör, a s Licht am Morge, wenn d us em Tunnel usechunnsch. Und wenn d usechunnssch, wenn d dusse bisch, de isch es äntlich still.»

«Verstohn i nid», seit de Brunner.

«Wüürdsch es verstoh, wenn d einisch son e Nacht hättsch.»

«Vilicht bi i jo doorum doo.»

«Und was bringt der daas?»

«Nöime mues i jo sii. – Mängisch weis i sälber nid, woo das isch. I meine, won ii bi.»

«Verstohn i nid», seit d Katrin und luegt de Brunner aa. De Blick gschlipft ab und landet uf em Armaturebrätt.

«Wenn i bi diir bi, fähl i mer, irgendwie. – Und wenn i nid bii der bi, denn au. Immer rüert mi öppis us mer use, kei Ahnig. – Wien e chliine König, wo me vom Thron putscht und i d Wüeschti schickt. Öppis stimmt eifach nid, wenn mer zäme sind, und no weniger, wenn mers nid sind.»

«Sorry – i mache das nid äxtra.»

«Aber –»

«Nüüt aber», seit d Katrin. «Du tuesch mer guet. Merksch es jo.»

«Aber ii mir sälber nid. – Doorum –»

«Merksch es nid?»

«I merke z vil», seit de Brunner. «Das isch s Problem. Doorum mache mir jetz e Strich. Häm mer jo beidi welle.»

«Das goht nid.»

«Es goht. Sicher gohts.»

«Nei, es mues choo. – S Glück, Chrigel. Es chunnt. Es cha nid andersch.»

Philo oder Rhodo – i tschegges nie. De Rhodo blüejt, seit d Mueter. Aber wie söll i wüsse, öb das Züüg doo nid au einisch farbig uusschloot, oder scho het. Egal. Hauptsach, s chunnt Wasser über. Und alles anderen au. Nid vor d Tüüre gschisse wett i son e Gaarte. Anderi händ Raasen ums Huus ume, es Steigäärtli, miraa Zwäärgen und Füchsli und Rentier mit Schlitte. Aber s Mameli züchtet en Urwald – und wenns druf aachunnt, dass er nid vertööret, goht si mit em Vatter i d Feerie. De Jung het jo grad nüüt z tue, also chan er au hei go füechte, jede Taag e volli Stund. De Brunner streckt sich, goht s Wäägli doruuf, bis zum Hahne, stellt d Sprützchanne wider drunder und trääjt uuf. – Und was macht me i son ere Stund z Lissabon? Zum Biispil jetz? E Spaziergang i der Alfama? Oder dur d Baixa flaniere, bis abe zum Dom José I. Denn der offnig Blick uf e Tejo gnüüsse, mit e chli Meer i der Naase. Oder vilicht hets de Vatter i eis vo de munzige Kafi zoge fürn es Portwiili. De chönntsch jetz aastoossen uf di Sohn. Alli Pflanze sind munter. Drüü Bewäärbige gschribe. D Absaage schlück i abe; irgendeinisch klappets.

Mit der letschte Channe goht de Brunner no einisch i Gaarte, i Egge mit de Margriteböimli, s glutschlet bi jedem Schritt. – Daas vom König, das goht niemer öppis aa, tänkt er. S wäär zwar au e Grund zum aastoosse. Eifach de Schwanz iizoge händs, di Putschischtebrüeder. Sich sälber i d Wüeschti gschickt, kei Ahnig. Und de Brunner hocket wider tick und feiss uf em Thron. – Er schüttet und schmunzlet. Und er gseht s Lächle vo der Katrin, wo si ne zum Jeep uuszoge het, abgsecklet isch i di abhaldig Wisen use, wo no tampfet het vom Gwitter. Soo wiit isch si durabggrugelet, bis si duur und duur nass gsi isch.

«Chumm äntlich», het si ufegrüeft, «de gspüürsch, wie daas isch mit em Glück!»

Er het de Chopf gschüttlet – und es Höibürzeli gmacht über s Boort abe. No eis, und no eis, bis er der Katrin i d Aarm troolet isch. Bevor si doch no i s Büro isch, händ si abgmacht, emel halb.

«Übermorn bim Giacomo», het si gseit. «Zersch Pizza, nachhäär du und ii. – S Kino mit de Jenny chan i schiebe; i de Feerie gsehn i si de lang gnue. Los, i lüüte der no aa.»

«Letschti Chance», het er gseit, «fürs Glück. – I meine, dass es bliibt.»

«Letschti Chance. Gäg di achti, chasch druuf goh.»

De Brunner git em chliinschte Margritli no e Gutsch, und no eine, bis d Channe läär isch. – Je älter, je tümmer, tänkt er. Aber König. Scho sit drüü Tääg. Wider und jetz für immer.

De Brunner versoorget d Channen im Schöpfli hinder em Huus, nimmt s Handy us der Füdlitäsche, luegt und steckts wider ine.

Es lüütet a der Tüür. De Brunner schüüsst vom Sofa uuf. Er luegt i siner Wohnig ume, suecht s Selmeli us Champfèr. Debii het er nume tröimt, äs heig aaglüüte. D Frau vom Vatter sim Ungglen us em Oberengadin. Als Chind het er si einisch an eme Familietüürgg gseh und vo der erschte Sekunden aa e Zwätschge gfunde. «Chrigi», het sin em gseit. De ganz Taag lang. Debii isch er scho i grooss Chindsgi ggange. Wo si aagfange het, sich uf Chöschte vo der Verwandtschaft Feerien im Underland z organisiere, het er si ersch rächt uf der Pigge ghaa. Reihewiis sind s scho draachoo. Au bis Brunners het si jedes Johr aagglüüte, e Wuchen oder zwöi, mit Chatz und Maa, trotz den offne Bei und der gschrumpfte Niere. Vom Gaarte het si gschwäärmt, vom chliine grüene Paradiisli, si het ame nümme chönne höre. Bis jetz sind s no immer um ne Bsuech vo de pensionierte Herr Diräkters ume choo. – Es lüütet wider, daas Mol länger. – Scho nach den elfe! Jetz bin i aber gspannt. – Won er zu der Wohnigstüüre lauft, überleit er sich, was er der Katrin wüürd sääge. Sit meh als drüü Stund waartet er scho; statt Pizza Calzone mit Cherzeliecht bim Giacomo hets Schinkegipfeli us em Gfrüürfach ggää, und mit jedem Biss, won er abegschlückt het, isch d Wuet no chli meh obsi choo.

D Frau Nyffeler stoht vor der Tüüren und fuchtlet mit em Brief vo der Verwaltig. Güggelroot stoht si im Stäägehuus, schimpft i alli Richtige, und d Rosa hocket ganz vergelschteret uf de chüele Steiplatte. De Brunner isch gar nid derzue choo, grüezi z sääge, scho platzts us eren use. Was er eigentlich s Gfüel heig, esoo öppis heig si no nie erläbt. E soon es Tierli gääbs keis zwöits, und übrigens seig d Rosa e Hündin und kei Hund, was me chönnt merke, wenn me luegti. Aber vo soon emen iipildete Laggaff heig si das au nid erwaartet. Wer au numen es bitzeli Aastand im Füdle hätt, wüürd mit der Noochberi reden und nid e Brief go schriiben a d Verwaltig. S Hinderletscht seig das. Was er sich eigentlich usenähm – niemerem heig er s Muul z verbiete, e der Rosa zletscht, und scho gar nid, so lang si nid bi ihm inn bälli, Gott bewahre, so wiit chääms no – aber wehe, er nähm sich no einisch so öppis use, si chönn au andersch, aber hallo, und d Rosa sowisoo.

D Frau Nyffeler holt Luft. Si zitteret und füesslet i de plüemlete Birkestöck, dass sich de Brunner Soorge macht. Zum rette, was no z retten isch, seit er, si söll doch inechoo, me chönn das Thema besser bin eme Tassli Hagebuttetee vertöiffe, Verveine heig er au und Kafi sowisoo.

«Das fählti grad no», seit si, d Ooderen am Hals stoht gföhrlich use, «nid im Traum chääm mer soo öppis z Sinn. Und diir au nid, gäll, Rosa, bisch jo ganz durenand.»

D Frau Nyffeler zieht d Lefzen ufe, de Brunner meint, es chnurri öppis. Obedraa chunnt d Klara Müller im Nachthömmli usezschlaarpen und wirblet mit em Stock. Au d Tüüre vis-à-vis goht uuf. D Frau Iacangelo streichlet zersch de Hund, de seit si: «Signorina, ascolti», und s Gwitter zieht wiiter. Frölein gääbs vilicht no z Italie, aber doo sig mer immer no i der Schwiiz, und so vil si wüssi, seit d Frau Nyffeler, sige d Frölein i dem Land gottlobunddank uusgstoorbe, e Frächheit, was me sich mües lo gfalle. «Chumm, Rosa», seit si, doo ischs öis jetz z blööd.» D Frau Iacangelo luegt ufe, aber d Klara Müller isch verschwunde. Dass au de Brunner wider inen isch, het si gar nid gmerkt.

«Chumm, Rosa, Guschibusi. – Chumm!», seit d Frau Nyffeler, suecht im Hosesack de Schlüssel und loot d Frau Iacangelo ohni Gruess lo stoh.

Em Brunner isch es immer no ganz trümmlig vom Tonnerwätter im Stäägehuus. Er schruubet e Tunesier uuf und schänkt sich ii. Derzue chli Brot und Chääs. Er hocket a Chuchitisch, stellt s Glaas uf e tooti Vogel und luegt zum Fäischter uus i s Tunklen ie. – Natürlich gits e Grund. Es git immer e Grund, für alls. Au fürs Schwige. Chasch druuf goh, hesch gseit. Und gglächlet. Und de Brunnerli waartet wider einisch. Het jo nüüt Bessers z tue. Chli Bewäärbige schriibe, chli umefloonere. Chli waarte. En Oobe lang, di ganzi Nacht, bis an e Tubak. – Irgendöppis mues i mache. Färnseh luege, d Chuchi butze, öppis lääse. Genau, das mit em Waarte. Häm mer doch emol im Änglisch ghaa. Aber dä Godot isch jo glaub nie choo. Settig, wo nid chöme, chan i jetz nid bruuche. Tami, Brunner, riiss di zäme.

Er schniidt es Stück Greyerzer ab, nimmt e Schluck Tunesier, schoppet Brot hindenoche. Plötzlich hört er uuf chöije, luegt a d Tili ue. Öppis het ggurglet obefüür. Er luegt uf d Uhr und schüttlet de Chopf. Nach den elfe gurglet bis Müllers nie öppis. Numen einisch pro Wuche, am sibe vor zähni. De löönd si s Baadwasser ab. Nachhäär no d Plättli und d Armaturen abriibe, und am Punkt zähni isch Nachtrueh obedraa.

Wisoo dass me numen einisch pro Wuche s Badwasser ghöört, het er no ni usegfunde. Au scho het er tänkt, si baade vilicht zäme. Und jetz, wos wider gurglet, gseht ers tüütlich. Zersch d Klara, zääch und ggäderig, hocket ab und macht sich chlii under em Schuum. D Marie lüpft übelziitig s Bei über e Wannerand, ziilet, so guet, wies goht mit em lädierte Oberschänkelhals. Mit der Färse preicht si s Schiinbei vo der Klara; die zuckt vor Schmäärze zäme, rütscht unden use, em Wannerand noo abe, verwütscht es Muulvoll Wasser, verschlückt sich, hueschtet, probiert sich wider uufzrichte, taschtet panisch nach em Rand, gschlipft ab. Si ruederet mit den Ärm und stramplet mit de Bei, aber obsi chunnt si nümm. D Marie, mit eim Fuess i der Wanne, riisst und rupft a ihrer Schwöschter ume, packt si a de Händ, im Äcke, under den Achslen. S schuumet i der Wanne, s glutschlet, ganzi Gütsch göhnd drüberuus. «Tue schnuufe, Klääri», seit si, «chumm, so schnuuf doch au, i hilf der jo!» D Klara wird root im Gsicht und immer schwäärer, si schnappet und japset und röchlet, bis si verschwunden isch under em Schuum. D Marie nimmt s Bei zu der Wannen uus, wott go telifoniere, aber si stürchlet über d Badzimmerschwelle, tätscht mit em operierte Schänkelhals uf s Parggett im Gang. Si riisst s Muul uuf und schreit, aber de Brunner ghöört nüüt. S Bild isch gfroore, d Tonspur still.

Er längt i Täller, nimmt s letschte Möckli Chääs und spüelt. – Doo foot de Film wider vooren aa, aber andersch. Zersch d Marie, lüpft übelziitig s operierte Bei über e Wannerand, stützt sich uuf, zieht s andere noche, hocket ab und macht sich chlii under em Schuum. D Klara, zääch und ggäderig, stiigt hindenoche, preicht mit der Färse s Schiinbei vo der Schwöschter, gschlipft uus, ruederet wild mit den Ärm, verlüürt s Gliichgwicht und tätscht im Gheie mit em Chopf uf e Rand vo der Wanne. Ohnmächtig liit d Klara z büüchlige uf der Marie, Gsicht uf Gsicht, s Baadwasser schimmeret rosa dur e Schuum. D Marie stramplet und windet sich, aber je meh, dass si sich bewegt, deschto töiffer wird si under Wasser trückt. No paar Mol gurglet si und japset, d Auge wäärden immer gröösser. Halb gseht si d Klara, halb scho nümm, De sammlet sich de Schuum, teckt si liislig zue, d Klara obe, d Marie unde, und langsam goht d Farb us em Bild, d Konture verschwimme, s wird blass, de grau, de wiiss.

De Brunner macht kei Wank. Aber uf einisch sticht er em toote Vogel mit em Mässer es spitzigs, chääsigs Aug.

«So», seit er und luegt de Tunesier aa, wo no fasch voll isch. «Jetz isch gnue Höi dund.»

Er goht uf e Balkon use, schnuufet töiff und suecht im Läären inn e Stäärn.

«Godot!», rüefft er ufe. «Tumme Siech.»

De Brunner rüert sich de Pulli über d Schultere, nimmt s Handy vüre. Es bländet, wo s Display uuflüüchtet. Keis Telifon, kei Nachricht, er het au gar nid demit ggrächnet, nümm am halbi zwöi. Aber en Idee het er. Zwöimol wüsche, einisch tippe, deet, wo me cha druufrede. Er trückt uf *Sprach-Memo*, de uf *Aufnahme*.

«Ha mers überleit, Godot. I nime de tumm Siech zrugg. Ehrlich gseit, hesch alles richtig gmacht. Dää, wo entscheidet, öb er chunnt oder nid, isch frei. Dää, wo waartet, hocket i der Schlauffe. Klar, chasch sääge: sälber gschuld. Hesch Rächt. Wer waartet, isch es Schnäbi. Wer nüüt macht, es Brunnerli. Aber di Schlimmschte sind die, wos immer wider mache. Die, wo immer wider sälber gschuld sind. D Ober-Brunnerli. In eme Roman wüürde s vilicht Wiederkehr heisse, die Type, wo sich immer wider löönd lo iiseiffe. Also, chasch mer au Wiederkehr säge. Und, wenns der nüüt uusmacht: Säg mer doch no grad, was doo lauft. Aber mach ders nid z eifach. Mit em Brüetsch muesch mer nid choo, de Hälfertrip isch z billig. Vo miir uus chasch d Diagnosen au überhüpfen und grad di richtig Therapie voorschloo. Säg mer eifach nid, i sölli schriibe. Sicher gits so Wiederkehrs, wo es Buech mache, zum sich draa hebe. Es Gedankehüüsli, zum drinn wohne. Buechstabetechniker. Sätzliarchitekte. Smarthome mit Carport und eme Plastiggtier, wo de Raase määjt. Tipptopp Terylen. Vilicht mit vierzgi. Aber de grad es Generationehuus mit Natuurwise. Chasch mi au eifach lo schnöre, für daas bruuch i kei Plän. Wer schnöret, stoht im Räägen uss. Guet. Das isch au e Therapie. Godot. Geile Siech.»

Won er verwachet, schiint em d Samschtigsunne tätsch i s Gsicht. Er stoht uuf, loot d Storen aben und schlüüft wider under d Tecki.

«Schiisswätter», seit er und luegt ufs Handy. «Tood, tööder, am töödischte.»

Zur Sicherheit luegt er no bi de Mails, de rüert er s Telifon uf s zwöite Chopfchüssi, wo nid weniger verläägen isch als siis, und macht d Auge wider zue.

E struubi Nacht het er ghaa. Bis der Akku läär gsi isch, het er mit em Godot gredt, mängisch au mit em Tunesier, won er schlussamänd no kippet het. – Je länger, je meh het er Angscht überchoo, es sig der Katrin öppis passiert. Keis Telifon, kei Nachricht, nüüt. Und unerreichbar isch si gsii.

Gäge Morge het er sich soo i öppis inegsteigeret, dass ers nümmen uusghalte het und zuen ere gfahren isch. E Halbstund lang het er de Fiat plooget, wie wenns nümm drufaa choo wäär. Immer wider isch em d Strooss vor den Augen verschwumme. Wenn einen entgäge choo isch, het er s Stüürrad feschter ghaa und stuur uf d Mittellinie ggluegt; wenns graaduus ggangen isch, het er Vollliecht gmacht und läär i Chegel vo de Schiinwärffer gstieret. – Uf einisch brämset er, trückt sich i Fahrersitz. Wiit voore, wo d Strooss i Wald ieschniidt, gseht er öppis ligge. Es Auto, zmitts uf der Strooss, zunderobsi. De Brunner fahrt näbenuse, goht nööcher häre. D Räder trääjen i der Luft, s Verdeck vom Jeep isch verrupft, es rüücht und stinkt nach Bänzin. «Katrin!», rüefft er und secklet loos. Aber de chlöpfts. E Blitz, und alles brünnt. Er trääjt sich um – kei Schiinwärffer wiit und breit. Er längt i d Füdlitäsche, won er ame s Handy het. «Scheisse, Ka. – I chume, waart – wo bisch?» D Hitz isch wien e Wand, no nööcher chan er nid, und wäge em ticke, schwaarze Rauch gseht er nid, öb si no dinn hocket, öb si au scho brünnt. De Brunner cha chuum no schnuufe, s verriisst em d Lunge, er mues zrugg, stiigt wider ii. Er hueschtet und luegt zue, wie d Flamme d Polschter und d Pneu frässe. Im Rückspiegel: nüüt. Jetz schüüsst öppis dur ne dure. Er stiigt uus, secklet am Strooserand uf d Umfallstell zue, ganz rächts, uf der Grasnarbe, und so schnäll, wien er cha, secklet er dur di stinkig Wolke dure, am Jeep verbii – und chehrt sich um. Im halb uusprönnten Auto isch nüüt, aber im Gebüsch inn liit öppis. Fasch wäär er drübergheit. «Katrin!», rüeft er und huuret scho näb ere, trääjt si uf e Rügge. Si lächlet, bis i s Baggegrüebli ie, und d Auge blinzlen öpppis uf Chinesisch.

De Brunner het luut gschrauen und s Stüürraad umegrisse. Bin eme Hoor hätt er d Kurve nid verwütscht. D Pneu händ quiitschet und de Pfoschten isch knapp an em verbiigfloge. Jetz isch er wider hellwach gsii, mit eme Fluech uf de Lippe i s Dorf iegfahre, gäge Hoger ue.

Bis vor d Garage isch er gfahre, de ums Huus umeglauffe, uf d Gaartesiite, wo e de Katrin ihres Zimmer gsi isch. D Store sind nid ganz kippet gsii, und mit chli Nochehälfe het ers esoo häreprooched, dass er het chönnen ineguusse. Zersch het er nume sis eigete Spiegelbild gseh, ersch noodigsnoo sind Konture vom Schrank vürechoo, vom Pult, vom Iigang i s Baad, vom Bett. Rächt gseh het ers nid, aber s het ne tunkt, es Bett mit nüüt drininn wäär flacher. Er het plinzlet, sich nöi konzentriert. Und de het sich d Tecki bewegt, wie wenn sich öpper chehrti drunder, uf der Siite het e schmaale Fuess useggluegt.

Uf em Rückwääg het de Brunner d Müedi gspüürt. De Tunesier isch em i de Chnöche ghocket, fasch het er de Chopf nümm chönne hebe. Frooge het er keini meh gha. Numen eini. Er het nid gwüsst, uf wer dass er hässiger gsi isch – uf Katrin oder uf sich sälber.

Bi der Frau Nyffeler äne chüblets und bolets, öppis tätscht a d Wand. «Chindergaarte!», rüeft de Brunner. «De Spiilplatz isch verusse, gopfridstutz!»

Mit eim Fuess suecht er d Schlaarpe vor em Bett, stoht de gliich uuf und tuet i der Chuchi e Chapslen i d Maschine.

Wo de Kafi userünnelet, gspüürt er de Truck im Chopf. – 19 Bar, tänkt er. Und wenn vertätschts e son es Hirni? – Er nimmt de Kafi i s Schloofzimmer, luegt zum Fäischter uus, wie wenn er öppis überleiti – und loot d Storen abe.

Gipfelträume *oder Kreative Höhenflüge.* D Plakat sind so grooss wie daas, wo si verspräche. Trotzig lauft de Brunner a der Taalstation verbii. Tuusigsächshundertdriissg Höhemeter, di steilscht Zahnradbahn vo der Wält. Aber äär goht z Fuess. Vier, föif Stund, je nach dem, vöörig gnue Ziit zum uufruumen und uusmischte. De Näbel isch em gliich; schööns Wätter bruucht er nid, numen es Wäägli und e guete Tramp doruuf. Chliini Schritt, aber obsi.

Di ganz letscht Wuchen isch er sich voorchoo wie eine, wo im Dräck nablet und spuelet und weder hindertsi no vürsi chunnt.

D Eltere het er vom Flughafen abgholt und isch de plibe zum Znacht. Vil z verzelle hänäds ghaa, vo de chliine, schmaale Gässli im Bairro Alto, vom Strohmeer und vom Dom José I. En alte Portwii hänäds em gschänkt – und es Buech von eme portugiesische Dichter. «Fürs Füechte», hänäd si gseit. S Buech heige s aafoo lääse, aber s sig chli hööch für sii, eben öppis für Gstudierti. Deheime het er *Das Buch der Unruhe* uf e Stubetisch ggleit, näbe s Biigeli mit den Absaage. Soon e Chabis, het er tänkt, isch jo lieb, aber wenn schon es Buech, de eis für d Rueh; es ticks, mit lääre Siite zwüscheninn. Er het s Muul verzoge, e Ziitig uf s Buech ggleit und de Portwii probiert. – E der Grace het er gmailet, d Prüeffige seige dure, d Praktika verbii, er suechi jetz e Stell und langsam seig er riif für d Insle. – Hundert Mol am Taag het er s Telifon us der Füdlitäsche gnoo. Nid dass er gmeint hätt, d Katrin heig vilicht öppis dergliche too – äär het sich welle mälde. Wüsse, was loos isch, wisoo dass si nid aagglüütet het, wisoo si de Oobe bim Giacomo eifach het lo fahre, öb alles i der Oornig seig. Und jedes Mol, wenn er s Telifon i der Hand gha het, isch öppis dur ne dure, wo ne gfroore het.

De Brunner chunnt guet voraa, stampfet obsi, wie wenn er scho fasch dobe wäär, luegt stuur voorabe, uf s füechte, uustramplete Wäägli, immer gliich im Tramp. De Näbel hocket am Bärg wie füechti Watte, im Wald tropfets vo den Äscht. Chehr für Chehr schaffet er sich ufe, dur Ämsige duur, de Bahngleis und em Widibach noo, bis uf Matt und wiiter zu de Chilchsteine.

Er weiss genau, uf welem Brocke dass er wott es Päusli mache. I s Taal abe gseht er nid, nume s Wäägli dorab, bis es verschwindt im Näbel. Er hocket trotzdem ab und packt sis Sandwich uus. – Heitere Fahne! Wachsch am Morgen uuf und hesch e Plan. Öppe s erschte Mol sit guet zwee Mönet. Use, Brunner, i d Hööchi, wo d wider chasch schnuufe. Es Bäärgtüürli für d Übersicht. Guet, han is gmacht. Es isch no wiit bis zobersch, aber jetz scho luggets inneföör. Sit em Brüetsch han i einisch welle do ue, nomol doo hocke, wo mer mit em Vatter ghocket sind. Keis Wölkli hets am Himmel ghaa, und doben i der Beiz hets e Täller Pommes frites ggää. Mornderigs hänts ne verchaaret. Uf en Art isch es gsii wie jetz. Muesch wider vooren aafoo. Alles nöi lehre, alles, vo null uuf. Nume, wenn der e Laschtwaage de Brüetsch verschliirgget, riissts alles us der use, s Häärz und s Hirni. S goht lang, bis es wider nochegwachsen isch. Daas jetz, daas mit der Katrin, isch Bubizüüg.

Me chönntis emel meine. Aber wenn d us öppisem nümm usechunnsch, de ischs kei Bubizüüg. Wenns nume no trääjt und trümmlet im Grind, wenns nume no rumplet im Buuch, de isch es ärnscht. E Sauerei, zum ehrlich sii. Aber wenn i de dobe bi, gseht d Wält wider andersch uus. Bubizüüg.

Er biisst i s Sandwich, chöijet und suecht zersch i de Felsen oben e Steibock oder süsch öppis Läbigs, nachhäär unden im Taal de See, der eint oder der ander, beidi gliich vergäbe.

De Brunner stoht uuf, macht e paar Schritt, luegt de kantig Mocken aa, wo si z dritte druffe ghocket sind. Halb drunderund, halb näbedraa sticht em öppis i d Auge. Uf eme chruutige, bruungrüene Blätzli a tünne Stängel e paar blaui Blüete. – Änzian, tänkt er, irgende Sorte. D Mueter wüssts, oder de Bildband mit luuter Alpeblueme, wo bi den Eltere im Büechergstell stoht. – Sit doozmol het er kei so Blueme meh gseh, aber di schmaale Kelchli chömen em chliiner voor, fiiner, weder dass ers in Erinnerig het, s Blau weniger satt und saftig, ggwäschen irgendwie. Er goht nööcher häre, huuret ab. Je länger dass er i d Töiffi vo dem Blau ieluegt, deschto komischer wiirds em. S mahnet ne a öppis, aber er weis nid, a waas. E Blueme uf emene Ghüderbäärg gseht er. Es Büebli, wo si abriisst. Im nööchschte Momänt Farbfälder, Gääl und Blau, sträng konkret. De chunnts em wider z Sinn. S Määrli vo der blaue Blueme, in eme Buech, won er nümme weis, wies heisst, und scho gar nid, um waas dass es ggangen isch. Aber s Määrli het em Iidruck gmacht, doozmol, am Gymi: das Meitli, wo so truurig isch, wil em d Häx

sis liebschte Blüemli gnoo het. S Büebli, wo die blau Blueme
für ihns goht go sueche, wils em versproche het, es heig
ne ewig gäärn, wenn er sis Blüemli findi. Überall vergäbe
suecht s Büebli; immer verzwiifleter wiirds. Bis es einisch
in eme wunderbare Duft noogoht, über Stock und Stei. Und
am dritte Taag, tatsächlich, gsehts das blaue Blüemli – uf ere
Schutti zmitts im töiffe Wald. Ganz zunderobsi vor Fröid,
vor Glück, riissts es ab und springt hei zum Meitli. Wos
d Tüüren uuftuet, streckt em de Bubi sis Blüemli häre, wie
wenn er grad es Königriich für ihns gfunde hätt. S Meitli
luegt das Blüemli aa, und stampfet mit em einte Bei, dass
de ganzi Bode zitteret, und s Gsicht wird schwaarz vor Töibi.
Es schloot im Bueb das Blüemli us der Hand, vertramplets
mit em andere Bei zu Staub und schletzt em d Tüüre vor
der Naase zue. S Büebli weis nid, wien em gscheht. Es weis
nümm ii und uus. Wils das Meitli schampaar gäärn het,
hockets eifach vor der Tüür a Boden und waartet, öbs ächt
wider usechääm.

De Brunner zieht d Augsbraauen ue, dass es Grääbe git
i d Stiirne. Am liebschte wüürd er mit em Godot rede.
Wisoo dass em das blööde Määrli grad jetz i Sinn choo
seig – oder über s Versecklen und Verseckletwäärde. Aber
i der Füdlitäsche hets numen es Choc Ovo, für uf em Gipfel.

Er tuet d Alufolie vom Sandwich i Rucksack, rüert nen
über d Schulteren und goht wiiter, schrääg doruuf i s Gröll.
Schritt für Schritt suecht er e Tramp, wo hilft bim Graa-
duustänke. – Chasch vor dere Tüüre hocke bis an e Tubak,
Büebli. Chönntsch mi Brüeder sii. Aber de Godot het no
keine gseh, bruuchsch nümme z waarte. Suech der en anderi,

leer e Prueff, gang i d Wält. Ii alte Lööli maches au, toodsicher, wiirsch es gseh. Wenn mer eifach verwachet – und zägg het mer e Plan im Grind, de wott das öppis heisse.

Zersch het ers gar nid gmerkt. Ersch, wos waarm woorden isch im Chopf und um nen ume so hell, dass s ne pländet het. De Bäärg het jetz e Form und d Halde wächslet all paar Meter d Farb. Zobersch uf em Gipfel höcklet s Restaurant im Fels. De Brunner schnuufet uus und trääjt sich um und luegt abe, uf d Wolketecki. Er stoht deet, wie wenn ers scho gschafft hätt. – Wiissi Zuckerwatte. Es wulligs Meer, wo me müesst driigumpe, vo wiit obenabe. En Alpefisch sett me sii, mit Flügel zum Schwadere. – De Brunner schmunzlet. Öppis git noo in em inn, es liechtet, und er frisst di letschte Höhemeter, wie wenn er no gar nüüt ggässe hätt.

Dobe goht er über d Terrassen am Restaurant verbii gägen *Esel* zue, s gsicherete Stäägli uuf bis uf e hööchschti Punkt. Er stoht under s Gipfeldrüüegg und luegt rundum. – *Chruschtechranz.* – Sit über sibe Johr het er das Wort nümme pruucht, jetz ischs em, er seig ersch geschter do obe gsii.

«Lueg emol», het de chlii Brüeder gseit und gglachet, «das sind Migros-Bärge. E Chruschtechranz us Stei.»

«Settsch aber nid driibiisse», het de Vatter gmacht, «süsch wiirsch die Spange nie meh loos.»

«Aber abschläcke, das goht. – Chumm, Chrigel, mach es Föteli.»

De Brüeder het d Zungen usegstreckt und sich soo häregstellt, dass es hätt söllen uusgseh, wie wenn er vo eim vo de Gipfel e zümftige Schläck wüürd näh.

«No chli vüre, guet, no chlii – tipptopp!», het de Chrigel gseit und abtrückt.

De Brunner leit de Chopf hindere. Uusgfransleti Kondänsstreiffe vo Flüüger, wo scho nöimen andersch sind. E paar Dohle, wo enand öppis z sääge händ. Süsch nume Blau. – Chruschtechranzschläcker, bisch nööcher am Himmel gsii, als d tänkt hesch. Oder mir. Heilandsack. Und ii? Ha doo unde no e paar Sache z erledige. Mit mer sälber. Und zwöi Tier.

Er goht a di gmuuret Brüschtig vüre, deet, won er am beschten i s Meer gseht, und nimmt en Öpfel us em Sack. – Alpefisch oder Esel. Leider e schlächti Froog. S einte wiird i mool; de schwimme mer zämen i dim blaue Meer deet obe, und wenns Wätter dernoo isch, gumpe mer aben i s Wiisse, wies is grad aachunnt. S andere bin i scho; immer no – aber nümme lang. Zersch de Esel am Bärg, jetz der Esel uf em Esel. Trüüriger chas nid wäärde. Aber s macht nüüt: Jetz isch es liecht. Die Uussicht doo, das richtet de Blick, Katrin, über alles ewägg. Flüügsch zwar ersch in ere Wuche, aber i säg der jetz scho Tschüss, lueg der jetz scho noche, wie d abdüüsisch, verschwindisch, über e Chruschtechranz uus bis uf Kreta. Und wenn i wider abegoh, isch daas, wo gsi isch mit öis oder niid, nume no e wiisse, faserige Streiffen am Himmel, es Chräbeli, es Chribeli, wo sich sälber wider uusgümelet. – Aber sövel Füdli han i de, dass i der persönlich no es guets Läbe wünsche, eis mit irgendeme Sätzlifritz, wo für di Büecher schriibt.

Am Punkt zwölfi goht de Vatter vo der Katrin zum Bürogeböide uus. Über em Chittel und em wiisse Hömmli het er e Räägejagge, uf em Chopf es bruungrüens Hüetli mit Vogelfädere, zmitts im Gsicht e ticki Zigarre, wo nid s erscht Mol brünnt. E groosse, schwääre Maa. Er hets pressant, under em Rääge duur i d Wirtschaft z choo, beineret gäg em Chinees zue am Stroossenegge voor.

Hopp, hopp, e soon e Ranze wott rächt gfueret sii, doo het grad e chli öppis Platz drininn. Und wo hesch dini Buechhalteri? Hänkt si nöime per äxgüsi no paar Nulli draa? Oder het si hüt kei Hunger? – Er zieht de Zündschlüssel usen und richtet sich uf s Waarten ii. Aber grad, won er de Sitz chli hindenabe loot, goht d Tüür bim Büro wider uuf und d Katrin chunnt. Wo si gseht, dass es räägnet, bliibt si stoh und verzieht s Gsicht, bis ere s Aktemäppli z Sinn chunnt, wo si under en Aarm gchlemmt het. Si het sichs über e Chopf und stäcklet em Vatter noo.

«Ka!», rüeft de Brunner zum Fiat uus.

D Katrin luegt schrääg hindere, lauft wiiter, wie wenn si nüüt ghört hätt. Aber de Brunner isch scho näbedraa.

«Katrin, tami!»

«Loo mi i Rueh», seit si, nimmts Aktemäppli i di ander Hand.

«Genau um daas gohts. Nächhäär um nüüt meh.»

«Sehr witzig. Bisch z spoot. S goht scho lang um nüüt meh. Scho sit ere guete Wuche. – Und jetz verpiss di, säg i.»

«S isch okay, dass d nid aagglüüte hesch. Würklich. Jetz isch es klar.»

«Arschloch.»

«I meines ärnscht. Wenn d vo Kreta zruggchunnsch, isch alles andersch.»

D Katrin rugelet s Mäppli zäme, steckts i d Hosen und trääjt sich zue nem hii. D Auge sind schmaali Schlitz.

«Hets der jetz völlig i s Hirni gschisse? – Dohäre choo zum schööni Feerie wünschen und Adie sääge – jetz bisch ächt nümm putzt.»

«Mer wänd doch beidi s Gliiche.»

«Das häm mer no nie welle.»

«Hesch es sälber gseit, grad vori. Loo mi i Rueh. Das wott i au.»

«Also, de machs äntlich. Schnorisch nume devoo, wie vo allem andere. Nachhäär schliichsch di wider aa. Und no go de Groosszügig usehänke wäg em Giacomo. S isch okay, dass d nid aagglüüte hesch, blabla. – Wie wenn ii gschuld wäär, dass es nid klappet het. Ehrlich, i chotze grad.»

«Momänt», seit de Brunner, «ii bi gschuld, dass duu nid aagglüüte hesch – verstohn i das rächt?»

«Was mii betrifft, hesch rein gar nüüt verstande. Vo Aafang aa hesch nüüt kapiert.»

«Okay.»

«Letschti Chance, hesch gseit. Und du weisch hoorgenau, dass i ha wellen aalüüte.»

Es räägnet immer meh. D Katrin schoppet s Aktemäppli under e Pulli. Si luegt a Himmel ue, zum Iigang – und goht ohni öppis z sääge uf s Vortächli zue. De Brunner lauft ere noo, stoht näb si häre, soo, dass keine der ander mues aaluege.

«I ha e der Jenny abgseit fürs Kino, im Büro gschaffet bis nach em halbi achti. Ha no schnäll hei wellen und mi paraat mache, wo s Telifon lüütet. De Pepsi. Es Gspähnli us em Gymi. Grad zruggchoo von emen Uustuuschjohr z Amerika. Won i uufghänkt ha, het mi de Schlaag troffe. Zäh ab achti. Di letschti Chance. Numen a daas han i tänkt. Dass is verkackt ha. I ha welle dis Nummero iitippe – und de hesch aagfange, so dräckig lache. I ha di vor mer gseh. E gruusigi Frässi, jede Muskel het mi verhöhnt und verspottet. I ha d Finger nümme chönne bewege, wien e Stei bin i uf em Bürostuel ghocket. Immer lüüter wiirsch, immer gruusiger. Und s Glächter chunnt Wörter über. Sorry, baby, seisch. Too late. – Di letschti Chance – leider vergää. – Game over, Ka. Und Adie merci. – De Sonderpädagog spilt Herrgott. S Jüngschte Gricht deheim uf em meergrüene Sofa. Tuumen abe. Wäge gschissne zäh Minute.»

De Brunner trampet vo eim Bei uf s andere, weis nid, wohäre luege. Er sett öppis zum Aalähne haa, öppis, zum sich draa hebe. Zinnerscht foots aa bröckelen und bröösmele, de Bode gspüürt er nümm.

«I dem Momänt het mi e Wuet packt, e gruusige Hass», seit d Katrin, «das cha me sich nid vorstelle. I hätt nid gglaubt, dass es das git; aber soo cha me tööde.»

D Katrin butzt e paar Räägetröpf vom Mäppli, züpflet am Pulli ume. «Aber s isch jo jetz nümme nöötig.»

Wo si über e Vorplatz lauft, immer wider enere Gluntschi uuswiicht, gsehts uus, wie wenn si wüürdi tanze zum Chinees.

D Katrin stellt de Tee uf s Nachttischli, näbe s grahmte Foti vo der Mueter. – Es Bidermeierli i der Hand, hocket si uf em Riitiseili im Gaarte, baarfis in eme wiisse Chleid, di chlii Katrin het si uf em Schooss. S Meitli het sich wie verruckt a de Seili und luegt drii, wie wenn si Angscht hätt, s Bluemechröönli flüügt ere vom Chopf. – Über em Nachttischlämpli isch es Konzärtplakat a d Wand gchläbt, de Grönemeyer z Münche. Und mit Teenagerschrift, quer drüberie: *Kinder an die Macht.*

«So», seit si, «häm mer wider eine.» Was si grad gschribe het, mängisch uf Hoochtüütsch, mängisch uf Mundart, büschelet si soo, dass s erschte Blatt zoberscht isch.

«Lueg mol, Zottel, vierehalb Siite. Jetz mues is nomol lääse. Chasch lose, wenn d wottsch. Und wenn d e Fähler ghöörsch, de bällisch.

Lieber Christian, machst du das auch? Immer vor den Ferien räume ich auf und erledige, was ich längst hätte erledigen müssen. Studiensachen, Zimmer aufräumen, Mailschulden abtragen. Solche Dinge. – Das hier, der Alptraum, der dem Alptraum nach vier Jahren ein Ende gesetzt hat, gehört dazu. Weil es zu mir gehört. Weil es zu uns gehört.»

De Zottel gumpet uf s Bett, stüpft d Katrin mit der Schnauze, schnappet nach de Blätter. Si packt nen am Grindli und seit: «Nüüt isch mit Göiggle. I mues jetz lääse. Dass i nachhäär weis, was i gschribe ha. Verstohsch.» Si strublet ne, rüert em si roseroote Plastiggchnochen a d Fuesseten aben und list wiiter, vo de Feerien im Tessin, doozmol, mit der Familie. «De Felix und ii im gliiche Zimmer z Ascona. Keis Problem, isch jo de Fründ vom Vatter. Uf Fründe cha me sich verloo, und me luegt, dass me si cha bhalte.»

De Vatter vo der Katrin und d Lisa, sini Fründin, sind z Locarno in eme Hotel gsii, wil si z spoot reserviert gha händ. Am dritte Taag sind alli zäme fein go ässe. Es tüütsches Päärli isch no debii gsii, beidi Jäger und Fründe vom Gschäft. E luschtigi Rundi, vil Wii, vil Witz und Witzli – übern es Meitli im Hotelbett von eme Vierzgjährige. De Felix het am lüütischte gglachet. E der Katrin sind d Jakobsmuschle bim beschte Wille nid abe, si het au süsch nüüt aagglängt, wo uf em Tisch gstanden isch. Zwöimol isch si uf s WC, het sich iipschlossen und gar nümm use welle. – Nach em Dessert und de Schnäps händ di beide Jäger und ihri Frauen es Taxi zrugg uf Locarno gnoo.

«Als Felix die Hoteltür hinter sich zustiess, war ich gefangen. Er konnte sich kaum auf den Beinen halten, stank aus jeder Pore. Alles an ihm widerte mich an. Er torkelte auf mich zu, griff an mir vorbei ins Leere und setzte sich schliesslich auf den Bettrand. Dää Blick – wien es Hündli, won es Guezli wett. I dörf mer morn derfüür es Chleidli uussueche, seit er und macht s Männdli. Schlaf jetzt, du bist betrunken, sagte ich. Felix knurrte irgendwas und zog die Lefzen hoch, dann verschwand er im Bad.»

Öppis schränzt bi der Tüüre zum Sitzplatz. De Zottel het e halbi Bahn Vorhang i der Schnöre, chnuret dur d Schiibe duur.

«Zotteli!», rüeft d Katrin. «Nid d Vorhäng, hee!» Si wädlet mit sim Chüssi. Won er z gumpe chunnt und driibiisst, loot si los. «I bi grad fertig. Nachhäär göh mer de use go göiggle», seit si, mit den Auge scho wider uf em Brief.

Chuum het si richtig gschloofe ghaa, hets a d Tüüre prätschet. S isch e Momänt ggange, bis si realisiert het, dass de Felix nid näb ere liit. Si het uuftoo und grad gmerkt, dass er nomol isch go suuffe. Mit eme breite, starche Grinsen isch er uf si zue und het eren e Chlapf a d Ohre ggää, dass si hindertsi uf s Bett gflogen isch. Si het Panik überchoo, het welle zu der Tüüre hechte, aber äär isch schnäller gsii. Am Fuess het er si verwütscht und uf s Bett zrugggschleikt. De het er si am Hals packt.

«Ii uf em Rügge, äär uf mer obe. I wett sääge, hör bitte uuf, aber i chume kei Luft über. Gang abe, du Tier, wett i sääge, aber i cha nid schnuufe. E son en Angscht, Christian. Wenn d nume no Angscht bisch – und versticksch.»

Esoo bsoffen isch er gsii, dass es der Katrin irgendwie gglunge isch, sich undenuse freizstrample. Drüü, vier Mol het si ne mit de Chnöi am Rügge troffe. Im Schmäärz het er e Momänt lang de Griff glockeret, und si het gschraue. Er het irgendöppis gfluecht, der Katrin welle d Hand uf s Muul trücke. Aber si het e Finger verwütscht und driipisse. Voll zuepisse het si und de Felix chönnen ab sich aberüere. Si isch us em Bett ggumpet, het ohni z tänke de Tennisschläger packt, wo uf em Salontischli gglääge isch.

«De stohn i doo, de Schläger i der Hand. I brüele, i zittere. Und i wüürd alles mache, alles. Äär vis-à-vis. Wie im

Film. I waarte, bis er uf mi zue troolet und wott gumpe. De ziehn i uuf und mache d Auge zue. Er jaulet, längt sich a Rügge, gheit z Bode wien e Sack.»

A der Réception het d sich d Katrin zämeggrissen und e Gschicht erfunde. Es eigets Zimmer het si überchoo, aber jedes Mol, wenn si iignickt isch, het si zwo Händ am Hals gspüürt, wo zuetrückt händ.

Wo si zum Zmorge choo isch, sind ihre Vatter und d Lisa scho deetghocket. Sii het öppis ghüeschtlet, de Bauundernämer het e Gable Rüerei inegschoppet.

«Sie wussten Bescheid. Felix hatte sie angerufen aus dem Krankenhaus. Nierenquetschung, zwei angeknackste Rippen. Die Bisswunde war mit drei Stichen genäht worden. – Wie es schien, hatte ich ihn richtig fett erwischt. Und mein Vater – mein Vater sagte, was in der Nacht passiert sei, dass ich so weit gehen würde, hätte er nicht für möglich gehalten. Dann zählte er auf, was Felix alles für mich getan hatte in den vergangenen Jahren. Und de soo öppis, het er gseit. Nume, wil er e chli trunke het. – Was wottsch doo mache, Chrigel? Wenn d gschuld bisch. Wenn sogar de Vatter seit, du seigisch gschuld.»

Si het dur ihre Vatter dureggluegt, us em goldige Spiissaal use, uf e See; d Sägelboot sind scho duss gsii und händ gspilt mit em Wind. Wo si nümme het möge, het si sich e Saft gnoo vom Buffet und isch uf s Zimmer ue go packe. De isch si ggange, mit em nööchschte Zuug i Tunnel, hei.

D Katrin schnuufet uus. Si faltet jedes Blatt, zersch halb, de nomol halb und tuet de Brief i s Couvert. De Zottel stoht scho bi der Tüüre, wädlet mit em Schwanz. Si schriibt no schnäll d Adrässen uf e Brief, nimmt d Leine vom Tisch und goht mit em Zottel i Chäller abe. Us emen uuralte Wandschrank nimmt si e groossi Schachtlen und leit s Couvert drii.

«Chumm, Zotteli», seit si. «Jetz heschs verdient.»

De Brunner het sich usepützlet. Äxtra bim Coiffeur isch er gsii, es nöis Hömmmli het er gchauft. Er stoht vor em Badzimmerspiegel, stutzt sich de Baart uf drüü Tääg zrugg, tupfet mit em Abdeckstift uf eme platzten Ööderli ume, macht zümftig Parfüm aa, vom liechte, zitroonige mit eme bitzli Summer drinn.

S Büüchli chnurret, alls perfekt, tänkt er. Giacomo, mer chöme. Aber fürn es Bierli längts no. – Also goht er no schnäll i d Chuchi, nimmt es *Chopfab* us em Chüelschrank.

Dusse, grad under em Chuchifäischter, bället d Rosa. Er lähnet chli vüre – und cha nümm höre luege. D Rosa isch a d Teppichstange punde, liit siitwärts am Bode. D Frau Nyffeler het ere mit der einte Hand d Schnauzen und zieht ere d Läfzen ue, i der andere het si es Zahnbüürschteli, schrubbet i chliine Chreisli der Rosa ihres Gebiss. Wo de Weimaraner bället und wott uufstoh, trääjt si nen uf di ander Siite, redt mit em, mängisch chüschelet sin em öppis i s Ohr.

Zwar het de Brunner scho länger beschlosse, nümme drüber nooztänke, was di beide zäme mache, spöötischtens, sit er gseh het, wie d Frau Nyffeler e der Rosa es Gstältli mit zwo Saggoschen aaggleit und e Mini-Grill, Holzchole, Aafüüriholz, Wüürscht und e halbi Gurke driitoo het. Aber dass mer en eme Hund mues Zähn butze, das hätt er nid für möglich ghalte. – Immerhiin, settigs

Züüg macht kei Läärm, das mues me sääge. Überhaupt, de Rüffel vo der Verwaltig schiint z wüürke. Emel meischtens. Jetz mues i aber, Tonnerwätter – süsch ha denn ii e Schrääge dinn.

«Ecco, la pizza marinara per la signorina.» D Katrin seit tanke, de Brunner chunnt e Calzone über und nimmt grad e Naase voll.

«Scho luschtig», seit er zu der Katrin und röntget ihri huuchtünn Bluuse, «eigentlich find i Gääl e gruusigi Farb. Aber wenn me zwoo Wuchen z Kreta umeplüttlet het, de cha mes trääge – also duu.»

«I nimen aa, das isch es Komplimänt. Merci. – Schööns Hömmli.»

«Drunder weniger. – Bi nid so de Sunnyboy.»

«Deföör e Geduldige.»

«Bin i vilicht mol gsii. I hätt mi nümme gmäldet, wenn duu nid gschribe hättsch.»

«I ha gar nümm welle. Nüüt meh, nume no liecht sii im Meer», seit d Katrin.

«Merci. I nimen aa, das isch au es Komplimänt.»

«Wäge?»

«Wenn d nüüt meh wottsch, miich aber scho, de wottsch mi immerhin chlii meh als gar nid.»

«Das isch jetz glaub extrem unlogisch. – Und hättsch jo nid müessen umeschriibe.»

«Okay, unentschide. – Aber chumm jetz. Daas, wo d geschter nid hesch welle sääge. Good news, hesch gseit.»

«Zersch wird aagstoosse.»

De Brunner verträäjt äxtra d Auge, nimmt d Fläsche und schänkt ii. Er lüpft fiirlich s Glaas und überleit soo lang, bis er mues lache.

«Uf öis», seit er. «Und sorry. Origineller gohts grad nid.»
«Uf s Glück» seit Katrin, ganz ärnscht. «Es chunnt. I has beschlosse. Wenn d zwo Wuche lang numen umeliisch und di grillisch, hesch zimlich vil Ziit zum Nochetänke. Vor allem wil d Jenny jo fasch immer mit ihrem griechische Lover zäme gsi isch. – Uf jede Fall: Taraaa! Chrigel, i zieh uus.»
«Scho wider?», seit de Brunner und weis nid so rächt, wohäre luege.
«Jetz mach is. Ohni Seich. I mues.»

D Katrin schniidt e chli Pizza ab, de lüpft si de Chopf und luegt em Brunner i d Auge, wie wenn si öppis suechti drininn.

«Wäg em Vatter oder wäg sim feine Fründ?»
«Wäge beidne. Also, vor allem wäge miir. – Sit knapp föif Johr loot mi de Felix jo i Rueh. Aber jetz isch em sini Baabe ab, und im Gschäft laufts au nümm. Also bruucht er öpper. I has em Vatter gseit, dass er wider aafoot tööple. Er het nume gmeint, i mües mi halt aaständig aalegge.»
«Mässerschaarf analysiert, wüürd i sääge», macht de Brunner und nimmt e groosse Schluck. «S guete draa: Eini, wo sich nid aaständig aaleit, wott me sicher nümm deheime haa.»
«I cha nümme, Chrigel. I mues us der Müli use, wo mi kabutt macht.»
«Und der ander?»

«De wird kei Wank mache. Für daas isch er z feig. – Und eifach, dass d mers glaubsch: De Liferwaagen isch bstellt. Am Mäntig am halbi zähni wird gruumet. I cha bi der Jenny wohne, bis i öppis Eignigs ha. – S sind jo nume Büecher, es Pult, e Schrank und so Züüg us em Chäller. Das schaffe mer i einisch fahre.»

«Miir?»

D Katrin lächlet. Soo chinesisch, wies de Brunner scho lang nümm gseh het.

«Und hey», seit si, «i weis no genau, wie das gsi isch, wo mer d Mueter äntlich d Stützredli am Velo abgnoo het.» Si streckt s Glaas vil z hööch i d Luft und macht es töiffs Grüebli im lingge Bagge. «Freiheit – oder ebe: Glück. – Und cheers!»

E Fisch. Dää het er no gar nie gseh. Föif fiini Chritz im Chuchitisch. De Brunner fahrt mit em Finger de Linie noo und zieht d Muuleggen ue. «Umso besser», seit er, nimmt e Biss vo der Servela. Mit der andere Hand grüblet er s Handy usen und macht es Föteli, e Noochufnahm. *Weisch, was das isch?,* schriibt er und schickt d Nachricht ab. Er waartet e Momänt, öb ächt grad Antwort chääm, de schickt er d Antwort sälber hindedrii: *piscis alpinus – Alpefisch. Sehr sälte. Läbt im wiissen und im blaue Meer. Und no eis: Fröi mi uf morn. Chume mit der Wärchzüügchischte.* S Schmunzle goht em nümm us em Gsicht. Er leit s Handy em Fisch uf d Flosse, tuet chli Sänf uf di aapissnig Servela und holt e Tunesier us em Chäller.

«Okay, Godot», seit er und nimmt s Telifon i d Hand. «I glaub, das funktioniert soo nümme.» Er suecht d Sproochmemos und foot aafoo lösche. Eis nach em andere; zimlich vil het er em z sääge ghaa di letschte Wuche. Won er afi halb duren isch, taucht e Nachricht vo der Katrin uuf. *D Tröim tüend der d Augen uuf,* het si gschribe, *de gsehsch, wies würklich isch.* Er isch no am Überlegge, was er söll antworte, wo nomol e Nachricht inechunnt, e ganzi Schwetti, s het gar nümm ufghört glinggele.

Kreta, sii elei am Hotelpool. Nacht seigs gsii, si seig chli umeglaufen – und plötzlich im Wasser gsii. Nach eme Ziitli heig si gmerkt, dass si gar keis Baadchleid aaheig. Füdleblutt seig si, und si well use, ruederi mit den Äärm gäge Rand vom

Becki. Föif Meter, aber si chääm eifach niene häre, au nid mit richtig Schwimme. Defüür schwänzli vo der Siiten öppis uf si zue, öppis Länglichs, Tünns. E Schlange – aber e koomischi, wie ohni Körper, und si chääm immer nööcher, well si frässe. Grad bevor das gspässige Tier chönn zuebiisse, tauchi e wiissi Gstalt us em Wasser uuf, d Äärm wiit uuspreitet. Kei Maa und kei Frau, numen es lüüchtigs Gwand mit offnen Äärm. S Wasser seig jetz glatt und still. Und d Schlange gsääch si nümm. I mues gumpe, tänki si, i di offnen Äärm iegumpe. Aber es gieng nid, si chönn nid. De seig di Gstalt plötzlich verschwunde, s Wasser wiiss woorde, wäärdi immer wiisser, bis es durchsichtig seig, gar nümm z gseh. Und au nümm z gspüüre. De Pool seig läär, d Wänd, de Bode troch. Unheimlich still seigs i dem Becki, bis es zischi, luut, vo hinde. Zum Alustäägli am Rand well si rönne, föif Meter, usen und furt. – Aber d Schlange heig si scho packt. Und de seig si verwachet.

De Brunner runzlet d Stiirne, rütscht mit em Hockerli nööcher a Tisch. Er schickt es Emoji mit groossen Auge und offnem Muul zrugg. Und zur Sicherheit no es Froogezeiche.
S Bild isch klar und tüütlich, schriibt si. *I bliibe. Sorry.*
Und undedraa: *Alpefisch* mit eme Tuumen-ue-Emoji.

De Brunner schnuufet uus, so lang, wien er cha. Er nimmt no s letschte Muulvoll Servela, findt zhinderscht i der Bsteckschublaaden eine vo den alte Zäpfen und steckt ne i Tunesier. De luegt er uf d Tischplatte, wie wenn er nümme wiiterwüsst.

Wo de Brunner i d U-Bahn stiigt, verschloots em fasch de Schnuuf. De Zug isch ggraglet voll; sogar i de Gäng und vor der Tüüre stöhnd si, Pändler, Tourischte, Müetere mit Chinderwääge. Und uf de Fäischterschiibe sind si no einisch – vo voore statt vo hinde, oder umgekehrt. Wo de Zug aafahrt, gspüürt er im Rügge di chalt Schiibe vo der Schiebtüür, voore luegt er an e Wand us Fleisch häre. – Zum Glück nume paar Statione. Und de öppis Feins ässe. E Fisch. Wisoo nid e Fisch?

Sit er vor ere knappe Wuchen bi der Grace Underschlupf gfunde het, wird er jeden Oobe verwöhnt. De Taag duur stroomeret er dur d Stadt, wenns vom Wätter häär goht, flooneret er i de Pärk umen oder goht i s Kino – und spötischtens ab de drüüne waartet er nume no, dass de Hunger chunnt und s Ziit isch für zu der Grace. E Läbtig wien e Flüchtling, mit schwäärem Rucksack, müede Bei – und mit eme Puff im Chopf. Aber er weis, dass er nüüt z jommere het. Nid jede Flüchtling het e Grace. E Feeriebekanntschaft, aber eini vo dene, wo bliibe. Zwar het er si lang nid gseh sider, aber immer gwüsst, dass si für ne doo wäär, wenns müessti sii. Künschtleri isch si, Mooleri und Töpferi, zimlich bekannt für ihri abstrakte Landschaftslithografie. Dass si super glücklich gschiden isch vom grööschten Aarsch vo ganz Europa, seit si jedem, wos wott ghööre, und in emen Änglisch, wo nid zu ihrne fiine Bilder passt. S vornähmen Islington cha si sich leischte, wil si scho vor Johren e Wohnig het chönne chauffe dank eme schöönen Eerb. Und sit si unterrichtet an ere Kunschthochschuel, mues si sich au im Alltaag keni Soorge meh mache.

Meerwolf, tänkt de Brunner. An eme Zitronesöösseli, chli Riis derzue, vilicht e chüele Chablis. Hauptsach, s tuet guet und het nüüt mit der Katrin z tue. Alles han i usegchotzet, scho am erschten Oobe. Bis zum abverheite Zügel und der bireweiche Düütig vo dem Kreta-Traum. Alles duss. Jetzt eifach d Lääri uushalte – oder ebe fülle, noodigsnoo, mit allem, wo sich lohnt. Nach zwoo Wuche hei goh und s nöije Läbe wiiterläbe. Ohni Ka. Genau esoo.

«London Bridge», schärbelets us em Luutsprächer. Und de Maage chnurret. De Brunner zuckt und schnuufet nümm. Er schüttlet d Schultere, wien e Schwimmer uf em Böckli, luegt ume, de voorenabe, fixiert de Buuch dur s Hömmli duur. S nützt alles nüüt: Es wird em heiss im Chopf, es isch, wie wenn alles Bluet dure Hals uuf obsi schüüssti. Wie am erschte Schueltaag, won er het müessen uufstoh im Bank; wie a der Konfirmation, grad, won er hätt söllen es Gedicht uufsääge; wie im Kino mit der erschte Fründin; wie so mängs anders Mool. Wenn de Maage chnurret und öpper umen isch, zündt em irgendöppis s Liecht aa im Gsicht. Jedes Mool ischs em so piinlich als öppis. S passiert eifach, und er lüüchtet tunkelroot. Scho chnurrets wider, e Schwetti Bluet schüüsst ii, er gspüürt de Puls im Chopf.

«Mummy, look», seit e Bueb grad vor em zue und rupft e der Mueter am Rock. De zeigt er uf e Brunner und seits no lüüter. «Mummy, man red.»

Bank. D Tüüre goht uuf, de Brunner überleit, öb er söll i ander Waage hindere. Aber de luegt er uf e Bubi abe, luegt em diräkt i d Augen und seit: «E roote Maa? Doo isch keine, ii gseh nüüt. Weisch, di roote Manne läben all i Reservaat, das isch ganz truurig. Vo dene fahrt e keine doo i dere Röhre. Daas lehrt me scho i der Spiilgruppe; hesch wider nid uufpasst, gäll. Do luegsch, du Mamihöck – und heb jetz gfälligscht de Latz.»

Moorgate. De Bueb het keis Wort verstande, wie wett er au, versteckt sich hinder der Mueter, guusset immer wider vergelschteret hindevüre. De Brunner macht böösi Äugli, bis de Chlii aafoot brüele.

Old Street. Er gumpet use, secklet über d Plattform und hechtet i hinder Waagen ie. D Fahrgescht stöhnd deet nid so äng binand, es het sogar no freji Plätz. De Brunner loot sich lo gheie und merkt, d Tämperatur im Chopf isch abe, alles normal. Aber s Spiegelbild uf der Schiibe git em z tänke. Zimlich veschreckt gsehts uus. – Genau esoo, tänkt er, luegt e Flüchtling drii. Der Ahmed, wenn er uf e Bus waartet, für zum go schaffe; de Tesfaye i der Bahnhofsunderfüerig. – Fuck, Brunner. Und es stimmt jo au. Gflüchtet bin i – i d Lääri ine. Und au die halt i nid uus. S macht emel nid d Gattig. Völlig zum Kurs uus het mi dä Bubi proocht, vo einer Sekunden uf di ander. Super, Sonderpädagog; wiit hesch es proocht. Bis uf London, Heimatland. Bis zu der Grace. Und gliich: kei Millimeter wiiter.

Angel Station. Wo de Brunner us em Loch use chunnt, nislets. Er spannt de Schirm uuf und lauft d Upper Street doruuf. Mit jedem Schritt wirds em wohler und aagnähm chüel. De Meerwolf chunnt em wider i Sinn. Und de Chablis. – Oder Cordon Bleu. I chönnt ere zeige, wie me Cordon Bleu macht, tänkt er und biegt i d Siitestrooss ii. – Mit Chääs, wo richtig Fäde zieht.

D Grace schloofft wien es Ängeli. E regelmässige, töiffe Schnuuf. De Brunner stoht i der Tüüre, s Tiischi und d Underhosen i der Hand. Er stoht eifach nume doo und luegt – de goht er überabe, uf s Sofa, wo si fürn en uuszoge het. Wien es Brätt liit er uf em alte, bruune Läder, d Händ uf em Buuch. Es rumplet und rumooret, s Ässe plooget ne, de Wii – und im Chopf inn surets i hööche Töön. E richtigi Predig het sin em ghaa vor em i s Bett goh.

No im Mantel, het si im Brunner d Tüüren uuftoo ghaa. Wäg ere Besprächig mit eme Studänt het si länger müessen a der Schuel bliibe. Doorum hets de halt statt Meerwolf Tiefchüelpizza ggää, won em scho nach e paar Biss uufgstoosse het. – Vom Bubi i der U-Bahn het er verzellt, dass er wäge nüüt e zündrooti Biire gha het. D Grace het gglachet uf de Stockzähn, isch aber still und stiller woorde bi den Episöödli us der Schuel- und Studänteziit, wo em Brunner ame de Maagen e Streich gspilt het.

Also, sii seig jo nid zuständig für di säbe, wo en Egge ab heige, het si gseit; das seig ehner siis Gebiet. Doorum müesst ers eigentlich sälber wüsse: z waarm seig er; z waarm und z weich und z chindelig. Härestoh, de Rügge zeige. Um das gööjs doch. Nid waarte, nid uf di andere luege, sondern mache – und zwar daas, was z tue seig, immer us sich sälber use. Alles andere seig Ziitverschwändig, e «fucking waste of time», het si gseit. Uf siim Alter müesst me doch langsam iigsee haa, dass me nid zu der Huut uus chönn und au nid über en eiget Schatte gumpe. Nid emol de «Mister Brunner from Switzerland. Christian, bloody hell».

Im Brunner schruubets. De König chunnt em z Sinn, dää, won er nümmen isch. – Zum zwöite Mool d Hösli abeggloo und i d Wüeschti gschickt, tänkt er. Und äär het sich nid emol rächt gwehrt. Z waarm und z weich und z chindelig. – Und jetz? Chüel wäärden i der Wüeschti – chasch de vor lache. Aber wenigschtens sölle s nüüt meh z frässen überchoo, di Putschischtebrüder. Kei Katrinwäärmi, kei Katringfüel, kei Katrinirgendöppis. Immerhin bin i wiit ewägg, das isch scho mol guet. Und s nützt, scho nume die paar Tääg. Si händ Hunger, si jommere, di himmeltruurige Säck. Aber s andere, klar – doo het d Grace scho Rächt. Nid uf anderi luege, bi diir bliibe, Brunner, eifach mache, was z tue isch. Und zägg, wiirsch chalt. Wo au immer. Das isch di toodsicher Variante. Dem seit me Winter mache. Oder wäärde.

De Brunner hocket uuf, wie wenn er öppis ghöört hätt. Er chlemmt d Underhosen und s Tiischi under en Aarm, rüert beides grad wider uf s Sofa und goht d Stäägen uuf.

S Wiiss uf Wiiss plüemlete Duvet isch halb zrugggschlaage, s einte Bei luegt drunder vüre, lang und schlank, bis über d Hüft. Oben isch d Grace ganz abteckt. D Bruscht bewegt sich chuum, und mängisch en Augeblick lang nümm. De holt si wider Schnuuf, dass s de gstreckti Aarm chli lüpft, wo halb i der lääre Hälfti liit.

De Brunner stoht vor em Bett und rodt sich niid, numen i den Auge blitzts. Langsam luegt er a sich abe, de schlüüfft er zuen eren ie.

Wien es Hüüffeli Eländ hocket d Katrin vor der Musigaalaag. Di *Toten Hosen* proteschtiere, de Ficus zitteret mit jedem Schlag vom Bass. Am Bode ligge zwee Böge Papier, vollgschribe bis a Rand, verzitteret, andersch als süsch. Ganzi Ziile sind duurgstriche, einzelni Wöörter inegflickt. Immer wider gheit ere de Chopf uf d Bruscht, oder si luegt ufe, irgendwo i s Läären ie.

Im erschten Absatz het si probiert z sääge, was de Kreta-Traum mit ere gmacht het, de Vatter, won ere im Traum als Hülle begegnet isch, als Retter vor der Schlangen im Pool. Von eme Zeiche het si gschribe. Von emen Uuftrag. Bim Vatter bliibe, wo zuen ere stoht, ebe doch, dur all Böde duur. Aber au äntlich s Gsprööch sueche, rede mit dem, wo nid nume Züüger söll sii und Arbeitgäber, sondern Vatter. Dää Muet haa. Frooge nach em drizäähjährige mueterlose Chind. Wisoo dass ers doozmol nid beschützt het und bewahrt.

Undedraa en Absatz über s Gsprööch mit em Vatter, won er heichoo isch vom Cheigle mit de Jäger. E chuurzi Sach isch es gsii, und er het eren en Antwoort ggää, wo si nid het chönne falsch verstoh, eini, wo si fasch nid uf s Blatt proocht het. «E was wottsch jetz au das Züüg wider vüreschleike!», het er gseit. «Verbii isch verbii, und a dem, wo verbii isch, söll me nümme rüttle. Nid uufwärme muesch di alte Röibergschichte – sondern vergässe, hesch ghöört.» Si hets nid welle ghöören und wiitergfrogt, wien er eigentlich zuen ere stöhj. No nie heig er öppis gseit, numen immer gschaffet und s Rede der Mueter überloo. Aber jetz – si göhj jo au scho gäge Mitti zwänzgi –, also, wie das seig mit ihren und mit ihm. *Wie ich zu dir stehe? Du bist meine Tochter,* het d Katrin gschribe. *Mehr kann ich nicht tun.* Immer wider het si di drüü Sätz gglääse, bis si gglaubt het, dass si wohr sind.

Nach drüüviertel Siiten e lääri Ziile. De stichwortaartig e Traum, wo si gha het i säber Nacht: Wie si spoot heichunnt, a der nöije Stroosselampe verbii uf d Huustüüre zuelauft, im eigete Schatte noo. Esoo het si de Schatte no nie gseh. Si bliibt stoh, luegt gnauer häre. Tuusig Töön vo Tunkel. Aber regelmässig. Es tunkt si, si gsääch es Muschter, aber oben a der Taille isch de Schatten eidüütig heller, Anthrazit, fasch Grau. Vom Becki häär abwärts isch es wien en andere Körper. Tätsch Schwaarz. Si trückt d Auge zäme, riisst si wider uuf. Tätsch Schwaarz – aber nid ganz. Der Underliib chunnt e Struktur über. Zersch sinds en Art Scholle, wo überenand ligge, de vergheits, und alles isch Stei und Schutt. Der Underliib, di ganz under Hälfti isch e Gröllhalde. Groossi, kantigi Bröcke zwüsche chliine, verschäärblete; au rundi gits, Bole, Chisel, wie i de Flüss. Und under eme schwääre, gsprängglete Mocke grad bim Schaambei luegt öppis vüre. Soo fiin, soo chlii, zersch het sis gar nid ggachtet. E Stiich i s Brüüntschelige hets, und über em Häreluege wiirds heller, bis es gääl lüüchtet i der Halde: s Äärmli von eme Chind.

Vor allem uf der zwoote Siiten isch d Schrift immer flüssiger woorde, nume no doo und deet isch öppis duregchriblet.

D Katrin schnüüzt sich d Naase, nimmt no einisch de Stift i d Hand.

Wo bisch, Chrigel? I wett di ghööre, aber es goht nid. I wett dini Händ gspüüre, aber es goht nid. Du bisch so wiit ewägg. Und ii goh i Chäller. Ka.

«**Chumm, put, put, put**», seit de Brunner und rüert de Tuuben es Möckli Toast häre. Di frächschti hechtet drufloos, pickt soo fescht drii, dass es wäggspickt und di andere Tuuben au öppis verwütsche. Nomol es Möckli, e chli es gröössers; die, wo am nööchschten isch, schnappets no fasch i der Luft, fladderet wägg, zum Ghüderchübel übere, aber scho sind drüü, vier uf eren oben und hacken und picke wild umenand, bis s letschte Bröösmeli uufputzt isch.

Mit emen uusgläärte Gsicht hocket de Brunner uf em Parkbänkli und schnippet eis Möckli nach em anderen a Bode, bis er nüüt me z verteile het. De luegt er graaduus, a s Chriegsdänkmol vo *Islington Green*, dä vierkantig verträäjt Ring, wo schrääg an eme Müürli lähnt. Er streckt d Bei, wie zum Luege, öb si no draa sind, und schüttlet öppis us sich use.

Won er am Morgen i d Chuchi choo isch, het d Grace grad d Gompfi us em Chüelschrank gnoo und uf e Tisch gstellt. Si het e chli nüüt aaghaa, es siidefiins Mänteli mit ohni Chnöpf. Zersch vo hinde, de vo voore het de Brunner gseh, was er nächti gspüürt gha het. Er het nid rächt gwüsst, ischs e Gedanken oder es Gfüehl, irgendwie isch er sich eifach zimlich blutt voorchoo.

«Well», het si gmacht und wiiterhantiert, zwöi Eier i d Pfanne gschlaage, de waarmi Toast häregstellt und Wasser uufgsetzt. Si het ne nid aaggluegt, und äär het nid rächt gwüsst, wohäre mit sich.

Ersch bim Ässe nimmt si nen i Blick, soo lang, bis ers gspüürt. Grad, won er öppis wott sääge, macht si: «Don't worry. It's okay.»

Em Brunner stiigt d Rööti i Chopf. Er wett sääge, es tüeg em leid, es seig e Fähler gsii, er wüssi au nid, s heig nen eifach packt, de seigs passiert.

«I'm sorry», seit er und schöpft sich Rüerei us der Pfanne.

Ebe nid, seit si, das dörf er ebe grad nid sääge. Süsch miech er alles wider kabutt. Er heigs jo welle, er heigs jo pruucht, doorum seigs okay.

De Brunner probiert es Lächle, und fasch hätt er d Hand uusgstreckt. «Okay», seit er, schänkt sich es Tassli Oolong ii. – Und wäg em Spaziergang, si heige doch no wellen i *Finsbury Park*. Also, leider mües er doch scho früecher wider hei. D Mueter – seig uf s Steissbei gheit, bim Füechten im Gaarte, si liggi im Spital, sis Wäärli heig er packt. Er zeigt uf s Güferli, wo näb der Aarichti stoht, und lüpft d Achsle. Er gieng de nööchschtens, wenns für sii okay seig, und «thank you, Grace».

D Grace het nume de Chopf gschüttlet und gglächlet. Ihre Blick isch graad gsii, offen und hell, wie dää vo öpperem, wo alles weis.

«Good flight, icicle», het si gseit.

En älteri Dame mit Häntschli und Huet hocket näbe Brunner. E ganze Sack trochnigs Broot packt si uus. De Brunner wächslet s Bänkli, nimmt s Handy vüren und googlet nach eme billige Hotel, aber immer wider stööre Bilder vo der letschte Nacht, und Gfüel, won er nid rächt gspüürt.

Wie wenn er mit ere Frau gschlooffe hätt, aber gar nid debii gsi wäär. – Und de das Zmorge. Good flight, icicle. Si hets genau gwüsst. Si weis es. Das Lächle – wie de Tokter bim Adiesääge. De Brunner het gvöglet, de Brunner isch gheilt, de Brunner cha goh. Tami! – Iiszapfe, seit si – also müesst i chalt sii und hert. Und was bin i? Irgendöppis, alles, nüüt, aber sicher nid chalt. – Wie si deetgglääge isch. Der Aarm, wo sich bewegt het. Und de – wie wenns e Sicherig putzt hätt. Kei Ahnig. E Chuurzen im Hirni. Aber äxtra, irgendwie. Und won i ab eren abegheit bi, isch d Ka wägg gsii. Usegschaffet, usegschwitzt, knallhert. Guet. Das isch guet. Und das mit em Iis mues au no choo. Eis nach em andere. Winter macht me langsam. Zersch rächt lo iischneie, das Züüg, dass s au öppis het zum Gfrüüre. Soo mache mers. Vergletschere – vo innen use.

Er liit uf s Bänkli, streckt alli Vieri vo sich. Drüü Tuube flüügen uuf, am Himmel fahre schwääri Wulken irgendnöimehäre. Ersch, won er d Müedi gspüürt, hocket er wider uuf.

«Icicle», seit er, wie zum Adie sääge. Er seits no einisch, aber still, packt s Güferli und goht zu der *Angel Station*.

I der Nacht schreckt er uuf, dass s alte Fäderbett giiret. Bolzegraad hocket er doo und chunnt nid druus. Er weis nid emol genau, i weler Strooss dass er isch und wie das Hotel heisst. S isch em eifach, er heig öppis ghöört, e Stimm. Öpper het em ggrüeft, de Name. D Stimm isch wägg, s schwingt öppis noo, wien es Echo, aber s isch no tüütlich gnue: Chrigel! Chrigel, chumm!

De Brunner stoht a s Fäischter, macht d Vorhäng uuf. Dunde haleegeret e Gruppe vo Tourischte, vor em Iigang zu der Bar vis-à-vis stoht e ganzi Truube Fuessball-Fans, jede schwänkt e Humpe, gröölet d Hymne vom Verein, dass me keis einzigs Wort verstoht.

Er loot de Färnseh aa und zappet sich dur d Sänder, bis er wach isch. Bi der Widerholig vom Tschuttimatch rüefts wider. Chrigel, hilf! – De Brunner luegt no s Eisnull vo de Tüütsche, de schaltet er de Färnseh ab und liit wider häre.

«Chasch tänke, Babettli», seit er. «Nüüt isch. Und wenn d no so jömmerlisch. No einisch verwütschisch mi nid am Fäcke. Und wenn, de wüürdsch verfrüüren i mer inn.»

De Brunner macht sich stiiff. Wien e Bock liit er uf em Duvet, d Äärm a d Siite trückt und d Auge zue. – Hesch mi wellen i d Sätz bringe, gäll. Dass i Angscht überchumen und der nochehösele. Wie wettsch es am liebschte? – Dass i grad wüürd s Handy sueche und merkti, i has bi der Grace vergässe? Okay, säge mer, es stüürmti dusse, gruusig, alles, was nid aapunde wäär, wüürd dur d Gasse gwirblet, de Verchehr wüürd zämebräche, s Telifon im Hotel gieng nümm. Aber i mues doch aalüüte, tänkti, di irgendwie erreiche, du bruuchsch mi, i mues der hälfe – aber wie. I gieng use, e Kabine go sueche. Die funktioniere sicher no, wüürd i sääge, eini find i, und de lüüt i aa. Es blies mi fasch furt uf em Trottoir, d Stüel vo de Beize flüügte mer um d Ohre, aber miir wäär alles gliich. I stüürmti vorwärts, wüelti mi dur e Stuurm, bis i eini fänd. – Aber si wäär out of order, nid? Si dörf doch nid funktioniere, Katrin, sicher nid grad die erscht, e chli meh Action müesste mer scho haa. – Also:

Please use telephone box up the road. Und i lief wiiter, bis i en anderi fänd, aber au die wäär tood, und jetz chääm i voll i Panik. I mues doch hälfe, d Katrin bruuchti mi, vilicht isch öppis passiert, en Umfall, verchaaret isch si, wie de Brüetsch. Si liit am Boden und ii stoh nid mol näbe draa, si stiirbt elei. Katrin! – Oder der Alt isch uf di loos, mit der Jagdflinte, und er het di troffe. Es Hämpfeli Fleisch näb em Ficus. Katrin! – So wäärs nid schlächt, oder? Drama, Baby. – I wäär pflotschnass, gspüürti chuum no d Pfööte, und i wüürd uufgää, ging zrugg i s Hotel, nähm e waarmi Tuschi. De nähm i s letschte Hömmli us der Guferen und trochni Hose. Bim Aalegge gsääch i d Bible näb em Bett, und d Mueter chääm mer z Sinn, dass si eifach öppis uufschloot, wenn si nümme wiiterweis. *I will trust and not be afraid: for the Lord Jehova is my strength and my song.* Doo wüürd mi de Wahnsinn packen und i rüerti de Lord und sin Jehova in en Egge, leiti di nass Jagge wider aa und gieng no einisch use. Kei Mösch wäär meh uf der Strooss, numen ii, muusbeielei, dini Stimm im Ohr, dis Wimmere, es Röchle, wo immer liisliger wüürd. Zu der Grace, tänkti, i mues zu der Grace, und i winkti en eme Taxi. Won i äntlich deet wäär, miech si d Tüüren uuf, si hätt nume das durchsichtige Hüdeli aa und früürti chli. I müesst gar nüüt sääge, si wüsst scho alls und streckti mer mis Handy hii.

Hallo, wüürdsch sääge.

Und ii seiti nüüt.

Hallo, seitisch, was söll das, um die Ziit?

I seiti nüüt.

Arsch.

Öppen esoo, oder? – De Brunner tuet d Auge wider uuf. Er längt uf s Nachttischli, nach em Halbeli Roote. – Bisiwaarm, tänkt er, aber Cabernet. Me cha nid immer alles haa. – Mit Hochgnuss schruubet er d Fläschen uuf und hänkt si aa. Nach e paar Schlück schoppet er sich s Chopfchüssi i Rügge. Grad oben a sim Chopf hanget d Königin, riitet uf eme stolze, schwaarzen Araber us em dräckig goldige Rahme.

«Aber weisch», seit er und schmunzlet. «Aber weisch, Katrin, mit em Brunner goht das nümm. Dää het a sich gschaffet, e ganzi Nacht. Uf ene lange, chalte Winter het er sich vorbereitet. Mit em Fick vo sim Läbe. – Und wenn di Tüütsche ggunne händ, spöötischtens, schloofft er seeleruehig wiiter.»

Er luegt no einisch noche, wenn de Flüüger goht, macht sichs under der Königin bequem und loot de Färnseh wider aa.

Iischnuufe. Nümme schnuufe. Uusschnuufe. Uuftue. Soo stoht de Brunner amen am Briefchaschte. Am Aafang, grad, won er vo London zruggchoo isch, het s Häärz no schnäller gschlaage, jetz isch es Routine. En Art Iiszapfe-Training. Wie bim Handy macht ers; wenn es Mail oder e Nachricht inechunnt: Iischnuufe. Nümme schnuufe. Uusschnuufe. Uuftue.

I de letschte drüü Wuchen isch er uufplüeit wi anderi nid i zwee Mönet. Di nöi Chelti het er pflegt und ghätschelet, si het ne starch gmacht und si het em Mumm ggää. Zu der Wohnig het er ggluegt, all paar Taag Gmües und Frücht iigchauft. Und er isch wider use, am Mittwoch go tuurnen und am Friitig go Billard spile. Aber wenn er nach em Krimi no so uf em Sofa ghocket isch, hets doch wellen aafoo taue in em inn. Bilder sind vor em duregflimmeret, won em heiss gmacht händ. Und uf jedem isch d Katrin gsii, oder sii beidi zäme. De isch er uufgstanden und i d Chuchi. Er het bi der Kafimaschinen es wiisses Chäärtli vom Biigeli gnoo, mit rootem Filzstift öppis druufgschriben und a s Schäftli gchläbt. *Rueh jetz! – Chalt, chelter, Zapfe! – Minus füfzäh! – De Brunner früürt!* – E richtigi Chäärtli-Tabeete het das ggää. Eini mit Uusruefzeiche. Und so vil Chäärtli hets gar no ni ghaa. Jedes Mol, wenn er dervoor gstanden isch, het er schnäll ggluegt: geschter keis, vorgeschter keis, vorvorgeschter – miraa.

Numen einisch het ne d Katrin so richtig gfoppet. Er het grad de Fiat uufpschlosse, won en alte Jeep durefahrt, zimlich schnäll. S Gsicht het er nid gseh, aber er hätt gwettet, dass s e Frau gsi isch. Er het de Kollege vom Billard gschribe, er chäämi nid am Oobe, isch i d Chuchi zrugg und het e lääri Chaarte gnoo. *Grace ist geil!* Lang isch er devoorzue gstande. S het tropfet in em inne wie im Früehlig. – Okay, e Hitzeschock, het er tänkt, das cha passiere. Weisch jo afi nümm, was s Wätter macht. Sorry wäg der Grace, aber krassi Situatione verlange krassi Massnahme. Wenn d meinsch, du chönnsch mi foppe, hau der d Grace um d Ohre. Dass d merksch, was Winter isch.

De Brunner het zwee, drüü Tääg pruucht, zum daas mit em Jeep verdaue. Und er het gmerkt, dass er no ni deet isch, won er häre wett. Dass s innere Wätter zwar meischtens stimmt, dass er sich aber nid cha druuf verloo.

Iischnuufe. Nümme schnuufe. Uusschnuufe. Uuftue. Es ganzes Biigeli Poscht zieht de Brunner us em Chäschtli. Zoberscht es Couvert mit eme Logo von ere Schuel, d Adrässe vo Hand gschribe.

Won er der Umschlag uufriisst, goht s Milchchäschtli näbedraa uuf. D Frau Nyffeler nimmt d Ziitig use, schletzt s Chäschtli zue, dass es bläächelet, und goht zu der Huustüür ii.

Dass si nid ggrüesst het, isch nüüt Nöis gsii, aber öppis isch em andersch voorchoo an eren als süsch. – Wo di schwäär Tüüren iischnappet, gheit em s Zwänzgi abe. Di Rueh im

Huus, sit er wider deheim isch. Keis Brätsche, Bolen und Tämere meh. Kei Mucks vo der Rosa.

De Brunner luegt uf sis Biigeli, i s lääre Chäschtli ie – und het d Hand vor s Muul.

«Mer sind grad fertig, Herr Brunner», seit d Marie Müller, won er mit em Chöörbli under em Aarm i d Wöschchuchi trampet. «S Programm isch uf der letschte Stuufe.»

«Si müend nid jufle», seit de Brunner und stellt s Chöörbli mit paar Hömmli dinne näbe d Tüür a Bode. «I bi jo ersch am sibni iitreit. Wider emol.»

«Jo, gälle Si. Aber miir wäschen au nid jedi Wuche. Im Alter stinkt me nümm so schnäll. Oder, Klääri, nid?»

D Klara Müller guusset übelziitig i d Trummlen ine, schüürgget es Züberli vor d Maschine häre.

«Emel, wenn me kei groossi Sprüng meh macht», seit si. «Do abe gohts graad no. De gseht me wenigschtens emol es anders Gsicht.»

«I finds jo au aagnähmer do unde», seit de Brunner und blinzlet. «I meine, weder znacht im Stäägehuus.»

«Höre Si mer uuf! Seit d Marie und winkt ab. «Aber Si wüsses schoo, oder?»

De Brunner luegt so erstuunt drii wie möglich, längt sich mit der Hand i Äcke.

«Wäg der Frau Nyffeler? – Jo, jo. S isch lang ggange, aber jetz –.»

«Schwäär verletzt isch si», seit d Klara. Graad i s Gsicht ine seit sin ems, wien e Vorwurf.

«Schwäär verletzt? – I ha si doch grad no gseh vori, bi de Briefchäschten obe.»

«D Rosa dänk! – E soon es Beeri aber au!»

«D Rosa?»

«Nei, d Nyffeler!», rüeft d Marie drii. Si tippet sich a Chopf, drüümol mit em Zeigfinger, luegt zersch d Klara aa, denn de Brunner. Bevor er sich chönnt betroffe füele, seit si: «Stelle Si sich voor – go joggen isch si mit dem aarme Tier.»

«Muesch es rächt sääge, Marie. – Nume de Hund het jogget. D Nyffeler het s Velo gnoh. Näbehäär gfahren isch si, d Maria Grazia hets sälber gseh.»

«An e Metallstangen het si ne punde. Am Packträäger hinde. Und wo si de Wald doorab het müesse brämse, isch d Rosa mit em Bei i d Speiche choo. Es früürt mi grad.»

«E soo öppis», seit de Brunner. «Das goht doch gar nid.»

«Eh mol. D Maria Grazia seit, so Abstandhalter cha me chauffe. – Uf jede Fall seig das Bei nume no Müesli gsii, und inneri Verletzige het si au. I der Klinik händ s zersch gmeint, si müese si iischlööffe, aber si chunnt jetz glaub doch füür.»

«Und d Nyffeler», seit d Klara so luut, dass de Brunner grad e Schritt hindertsi macht, «und d Nyffeler, me glaubts gar nid – numen es Loch i de Hosen und es Chräbeli am Aarm.»

«Em Tierschutz sett mes mälde», seit d Marie. «Aber das darf me jo nid luut sääge.»

«Wisoo sett me das nid dörfe luut sääge? Nume wil si i der Apiteegg schaffet? Ii ha scho immer gseit, das seig öppis für e Tierschutz.»

«I säges jo. – Aber gliich, me sett daas nid so umeverzelle. Si isch jo süsch kei Ungraadi. Und e Gschiiti.»

«Das seisch jetz, wos nümme chüblet im Huus. Süsch ame hesch andersch gredt.»

«Si isch scho vorhäär kei Ungraadi gsii, Klääri, muesch jetz nid so tue. I has eifach nid gseit. Aber tänkt han is immer. Und vo der Sach verstoht si öppis, chasch sääge, was d wottsch. E der Maria Grazia het si e Salbi proocht für di gschwullne Chnöi; und lueg, wie si wider d Stäägen uuf und ab springt. Weisch es jo sälber. Nenei, also tumm isch das Frölein nid. Tierschutz hiin oder häär. Und de Herr Brunner het sowisoo kei Ziit für son es Gchäär.»

«Doo han i de scho anders erläbt. Aber truurig isch di ganzi Sach.» Er huuret vor d Trummlen abe, stoht wider uuf und zeigt uf s Chöörbli. «Chan is underdesse dooloo? I glaub, I sett no chli öppis go tue.»

De Brunner püschelet s Chöörbli no chli besser i Egge und seit Adie. Die beide Schwöschtere luege sich aa und spitze d Ohre. De rüeffe si wie uf Kommando s Stäägehuus doruuf: «Es isch jetz scho am Schwinge.»

Über Nacht hets s erscht Mol gschneit. D Wise sind zuckeret, aber uf de Stroossen isch nid meh als salzige Pflotsch ligge plibe. De Brunner machts Schloofzimmerfäischter zue und suecht d Underlaage zäme für i d Schuel.

Nach all de Bewäärbigen isch es plötzlich rassig ggange. Eis vo de vile Schuelcouvert, wo alli e chli gliich uusgseh händ, isch vo Hand aagschribe gsii – und scho e Wuche spööter het er in ere Noochbergmeind chönnen aafoo. E Stellverträttig bis a der Wiehnacht, erschti Klass. Zwar het er scho vor em Studium gschaffet ghaa, als Primarlehrer, aber numen es Johr. Daas, won er würklich het welle, isch immer z chuurz choo. Für s Fördere, Berooten und Begleite vo settige, wo vo irgendöppisem z wenig händ – für daas hets im Unterricht eifach nie gglängt.

Wo de Heilpädagog Brunner de s erscht Mol vor em Klassezimmer gstanden isch, hets em tötterlet. Debii sind d Schüeler no gar nid ume gsii. «Jetz foots aa», het er gseit. «Jetz trääji de Schlüssel und s foot aa.» Am liebschte hätt er grad e chliini Reed ghalte, über s alten und s nöije Läbe, über s Trümmlen und klar Gseh, über lääri Kaländer und uusgfüllti Tääg.

Tatsächlich het em d Schuel de Blick ggrichtet, wäg vom Buuchnabel – uf d Dilaksheka, wo fasch nid het chönne schriiben und gfoppet woorden isch wäg em verchrüppleten Äärmli; uf e Ramadan, wo vor luuter Langiziit nach em Mami di halbe Mörge verbrüelet het; uf en Umut und uf en

Eren, wo um s Verrode keni zwoo Zahle zämeproocht händ im Chopf; oder uf d Namsel, wo nume mit de Füüscht het chönne reden und uf jede loosggangen isch, wo si schrääg aaggluegt het.

I der erschte Wuchen isch er müed heichoo, mängisch fruschtriert, mängisch nochdänklich, immer aber irgendwie zfride. Am Oobe scho wider de nööchschti Taag voorbereite, vilicht e *Tatort*, zum Abefahre, oder es Chäärtli a s Schäftli, wenns nöötig gsi isch. Er hets so sträng ghaa wie no nie, aber es isch e Rueh in em inne gsii, won em guettoo het, e Töiffi i de Nächt, won er ame fascht nümm drususechoo isch.

De Brunner schnappet a der Garderoobe no de Räägeschirm und goht zu der Tüür uus. Er isch no ni ganz bim Auto, wo s Handy piipset. Mit em Chopf isch er scho ganz bim Eren und bim Umut, wo hüt als Erschti draa sind, luegt nume mit eim Aug uf s Display.

Chrigel. Muesch mer hälfe.
Bi am Arsch.

«Sorry», seit d Katrin, «soo isch es nid planet gsii. – Aber tanke.»

«Für was?»

«Dass d uuftoo hesch.»

«Das isch aber au alles, won i cha mache.»

«Chönne mer rede? – Hesch Ziit?»

D Katrin lächlet, dass s es Grüebli git im lingge Bagge, di schmaalen Auge sägen uf Chinesisch: bitte, tanke. Mit der einte Hand striicht si sich di verräägnete Hoor us em Gsicht, i der andere het si es Güferli.

Ei Schwall nach em andere schüüsst em Brunner i s Hirni, s versprängt em fasch de Chopf. Er het sich a der Wohnigstüüre, probiert sich nüüt lo aazmerke.

«Mer händ scho gredt, Ka.»

«Nume föif Minute.»

«Öisi Ziit isch verbii.»

«De Vatter het mi usegheit.»

De Brunner schnuufet dure, luegt voorenabe, stoht uf s andere Bei.

«Also, föif Minute.»

«Du glaubsch es nid», seit d Katrin und macht e Schritt uf e Brunner zue, bliibt denn aber grad wider stoh, wo si merkt, dass er kei Wank macht.

«S goht au doo, oder?», seit er und macht sich no chli breiter.

«Okay, es isch alles eifach blööd glauffe mit öis. Und i ha zimlich vil verbockt, i weiss. Aber – was isch? Luegsch mi so aa. So chalt.»

«Es isch Winter», seit er, tänkt a d Chäärtliwand, a d Grace, wien er si gspüürt het i säber Nacht, zinnerscht inn. D Katrin stellt s Güferli ab, luegt lang drufabe, de luegt si am Brunner verbii, i d Wohnig ie. Us de chinesischen Auge träänets.

«Voll uusggraschtet, der alt Maa. Kei Ahnig. Wäge nüüt. Fahr ab, Meitli, bruuchsch nümme z choo. – Hüt am Morgen am halbi sibni. Debii han em gseit ghaa, dass er wider umenüberchunnt, was i mit sim Chäärtli gchauft ha. Hättsch ne sölle gseh – es gstreifflets Pischi, offni Schlaarpe. All Hoor sind em z Bärg gstande. Oder miir. – Hey, i bi sicher –»

«I wett gar nid alles wüsse, Ka. Sorry. – Und s Güferli isch doo am falsche Ort.»

«I weiss, aber s git süsch nume d Jenny. Und die isch grad zu ihrem Fründ zoge.»

«Jetzt im Ärnscht: Bisch der nid z schaad für daas? Um nen Übernachtig go bättle. Bi miir.»

De Brunner cha chuum no stoh, er schwitzt, fixiert s Güferli, dass s em d Wält nid zunderobsi trääjt. Er schnuufet ii, schnuufet uus, schnufet nümm.

«Oder gohts um öppis anders? – Säg! – Um was gohts?»

«Chrigel!»

«Schicksch mer am Morge früeh es verzwiiflets SMS, hesch aber ersch am Oobe Ziit. – Tanke für dä nätti Taag. – Katrin. I mag würklich nümm.»

«E Zügelwaage und en Iistellplatz für mis Züüg organisiere, de Zottel bi der Jenny abgää, drüü Wohnige go aaluege, im Büro es Aarbetszügnis hole. – Aber s isch okay.»

«Machs guet.»

De Brunner waartet, hofft, dass si s Güferli nimmt und goht. Aber si goht niid. Si bliibt stoh und luegt nen aa. Groossi Auge. Keini Trääne meh. Soo het er di Auge no nie gseh. Läär, wie zwöi schwaarzi Löcher. Nume daas gseht er. Nume zwöi Löcher in ere Maske. Soo stoht si doo, und äär het sich a der Tüüre – bis er si äntlich zuebringt.

«**Sorry wäg der Verspöötig**», seit de Brunner, rüert d Ziitig a Boden und hocket druuf. Vor Schmäärze verzieht er s Gsicht. Tuusig Nöödeli stächen im Chopf, und bi jeder Bewegig hämmerets, dass s em d Auge zuetrückt. No sälten isch em e Nacht derewääg i de Chnöche ghocket. D Erinnerig isch es wiisses, früsch gwäschnigs Tuech; für daas händ zwee Tunesier gsoorget, der Aafang vom Wuchenänd erträglich gmacht. Nume, daas vorhäär – daas het sich nid lo usespüele.

De Brunner macht d Jagge zue, zieht de Riissverschluss bis under s Chinni und lähnt sich a Stamm. D Matten isch läär, d Hoochnäbeltecki macht es dräckigs Liecht.

«Bisch en aarme Cheib, Chriesi», seit er. «No geschter hätt i nid tänkt, dass mer wider e Sitzig händ i dere Sach. – Aber jetz, won i doo bi – jetz chunnts guet. Mer sind jo nid z Hollywood. Weisch, was i meine. I son eme schlächte Film hätt di irgende psychisch Gstöörten umtoo, bevor i doo gsi wäär. Mit der Chettesaagi. Oder i d Luft gsprängt. Und i hätt di als truurige Stumpf aatroffe, oder als Sauerei. Soo isch das i dene Filme. De Held, fix und fertig, schleikt sich über d Matte, torklet, bricht zäme, schnoogget, robbet, voore gseht er de Fründ. S Einzige, won er no het. Er richtete sich halb uuf, lüpft d Hand, er winkt, e Muuleggen ufezoge zun eme matte, liechte Lächle. I dem Momänt rüert nen en Explosion z Bode. De Fründ verschwindt in ere riisige Füürchugele, es räägnet Holzsplitter und Rinden und Dräck vom

Himmel. Wo de Held de Chopf lüpft, luegt er übern es Trümmerfäld. Es rüücht no, deet, wo de Fründ gstanden isch, es tampfet zum Boden uus. De Held streckt wider d Hand uus, aber andersch, wott schreie, aber s goht nid. De lauft em der Abspann übers Gsicht. Er git uuf, s Gsicht gheit em i Lätt. Nei, er trääjt sich no einisch uf e Rügge, luegt mit uufggrissnen Augen i Himmel ue, me weis nid, fluecht er oder bättet er. Wiisses Liecht. De macht er d Auge zue.»

De Brunner längt hindere, taschtet nach der Rinde. «Nenei, nüüt Hollywood», seit er, zieht d Chnöi aa und leit d Äärm druuf.

Am anderen Ändi vo der Matte, bi de Betonchlötz hinde, tschutte Chind uf der Strooss, gäge s Hüüsli vo den Eltere zue lauft e Frau mit ere volle Poschtitäsche, e Bodesuri tagglet hindenoo. Em Brunner si Blick wird wiiter, verlüürt sich zwüsche de Tächer und em gschmuslige Himmel.

Nüüt Iiszapfe, tänkt er. *Johrhundertereignis*, wüürde d Wätterfrösch sääge. E soon e Früeligsiibruch. Aber es stimmt ebe niid. Nüüt Johrhundert. S cha wider passiere, morn vilicht nid, aber nööchscht Wuche, a der Wiehnacht, irgendeinisch. – Öppis funktioniert nid mit dem Winter. Icicle. Schöön wäärs. – Es Rugeli Anken i der Wüeschti, das triffts ehner. Dass i vor der Katrin nid zu de Finken uus tropfet ha, isch grad no alles gsii. Und ii ha gmeint, i seig über e Bäärg. – Das isch es vilicht. Dass i daas gmeint ha. Und de bin i voll driigglauffe. Scho am Morge. I has jo gmerkt ghaa, wies tauet. *Muesch mer hälfe. Bi am Arsch.* S Brunnerzäpfli schmilzt wie numen öppis – und schriibt zrugg. Wie gehabt. Verloore. – Wie han i eigentlich dä Taag überstande? Mit em Eren und em Umut Zahle pige, mit der Namsel Spiili gmacht, Fruschtrationstoleranz. Und im Grind eis Chäärtli nach em andere gschriben. Uf jedem isch *Nei!* gstande. Oder e Tootechopf, en Ample uf Rot, *Nei und nomol nei!*, *Danger!* i Grossbuechstabe. *Fucking Grace!* Aber s isch immer wäärmer woorde, gnaadelos. Das SMS het mi nöime tüpft, won i mit de Chäärtli nid härechoo bi. – Und de daas vor der Tüüre. Huere Sack. – S einzig Guete draa: dass i s Frölein Bonzevilla i s Hotel gschickt ha. Stimmt jo au: I cha si nid bruuche. Punkt. Aber guet isch das nid. Wenn mer einere, wo me nid bruucht, i d Auge luegt und Löcher gseht, schwaarzi Löcher, wo eim inesuuge – de isch nüüt guet.

De Brunner hocket sich nöi häre, massiert di stiiffe Bei. Öppis lauft em über s Gsicht.

Er nimmt d Fuuschthäntsche zu der Jaggen uus und leit si aa, langsam, fasch fiirlich, schoppet d Pöörtli i d Ärmel ine. Wien e Boxer het er beid Füüscht vor e Chopf, dass es töödelet. «Letschti Rundi», seit er. «Nägel mit Chöpf.»

De ganz Nomittaag het de Brunner i der Chuchi gschaffet. Hunderti Chäärtli gschriben und häregchläbt, nid numen a d Schäftli. Au d Wänd het er tapeziert, rundume. D Tili, s Fäischter, d Tüüre, de Bode. Zwüschedure het er A4-Blätter gnoo, dass er schnäller vorwärtschoo isch, und was er nid het chönnen überchläbe, het er verruumet. – «Vergletschere», het er immer wider gseit. «Vergletschere.» Der einzig Gedanke, wo in em inn gsi isch. D Schiijagge het er aaghaa und di glismet Wullechappe vo der Grossmueter. Us em Gletscherchrueg het er sich mängisch heisse Büütelitee iigschänkt, s Tassli i beid Händ gnoo, zum sich wäärme. Wenn daas nüüt gnützt het, de isch er us de Häntsche gschloffe und het d Händ soo lang anenand ggribe, bis er wider Gfüel gha het i de Finger. Über jedes Chäärtli het er sich gfröit wien es Chind. Äxtraa het er mängisch drüü, vier groossi Blätter häregchläbt, dass er gschlotteret het – und gar nümm welle höre.

Won er fertig gsi isch, het er s Biwak für d Nacht iigrichtet. Er het es Mätteli und de Schloofsack us em Chäller gholt, der Längi noo under em Chuchitisch uusggleit. D Windlampe vom Balkon het er mit Bänzin gfüllt und druufufegstellt. Wien es Murmeli het er gschlooffe, töiff und läär. Numen einisch isch er uuf znacht und het di langen Underhosen aaggleit.

Soo wiit ufe mues i zum Glück nid, tänkt de Brunner und schmunzlet, won er am riisige Plakat bi der Seilbahnstation verbiilauft. Dass grad näbedraa no eis hanget, wo di grandios Kulisse für *kreative Höhenflüge* zeigt, het er gar nümm gwüsst. – Luschtig. Wenns passt, de passts. Okay, kreativ isch es vilicht nid, scho gar nid Mitti Novämber, aber gfloge wiird, haus oder stächs.

Er goht em Wäägwiiser noo, de Wald doruuf. Scho am Morge hets ggräägnet; jetz schüttets. Schnee bis in tiefere Lagen, händ si gseit im Radio. Und z Ämsige hets tatsächlich nassi Flocken under de Tröpf. De Brunner het kei Ziit zum Ufeluege, er trampet Schritt für Schritt si Tramp i seiffig Wääg, mues uufpasse, dass er uf de Beine bliibt.

Em Widibach noo schneits, ticki, schwääri Flocke. Uf em Wäägli liit no alte Schnee, bi jedem Tritt gheit de Brunner dure bis uf e gfroornig Bode. Er chüüchet, s charchlet i der Bruscht, und immer wider gschlipft er uus, het sich a sim Trekkingstock, verschnuufet. De Schnee wird töiffer, s Wäägli isch verschwunde, de Brunner goht em Gspüüri noo.

Ersch z Matt luegt er richtig ume. Und fluecht. Wiiss – süsch gseht er nüüt. De Bode, de Himmel – sogar d Luft, tunkts ne, het e Stiich. – «Bravo, Brunner», seit er, «mer händ es Problem. Vil wiiter ufe chöme mer nümm. Schwääre Schnee bis fasch a d Chnöi, oben use wiirds no töiffer und s Gländ steiler. Bis zu de Chilchsteine schaffe mers nie – wenn mer si no wüürde finde. Aber guet. Heschs nid andersch welle.» Er haut sich a Chopf und stopfet i Schnee ie, dass s ne fasch hindertsi überstöcklet.

S erscht Mol chunnt d Angscht undenue. Das bitzli Wält, won er dinnestoht, het kei Forme und kei Farbe, keis Oben und keis Unde. S isch eifach nume wiiss und chalt.

De Brunner stellt sich d Wanderchaarte vor, wos öppe duregieng, zieht s Schnüerli vo der Kapuzen under em Chini zämen und goht wiiter, langsam, müehsam, immer ufs Grootwohl gäge Weschte doruuf. Aber s isch, wien er gseit het: Im Steilen inne föönd d Oberschänkel aafo brönne, er bringt chumm no d Füess us em Schnee. – Guet. Füroobe. Hindertsi abe. Und wenn mer hüt no zrugg wänd, müe mer e chli mache.

Er stapfet wider nidsi, rütscht und schliifft, und mängisch hockt er eifach ab. Wos ne tunkt, er seigi wider dunden uf der Matte, bliibt er stoh und lost, öb er de Bach ghööri, es Plätschere, es Rünnelen, irgendwoo under em Schnee. Aber er ghöört nume der eiget Schnuuf, wies rasslet i der Bruscht. Süsch isch es still. – «Ha-llo!», rüefft er, wie ame früecher, wenn er mit em Vatter und em Brüetsch isch go wandere. Fasch ghöört er sich nid; er rüefft an e wattigi Wand häre, wo alles verschlückt.

Jetz chlopfet de Puls im Chopf. Er loot sich i Schnee lo gheie, nimmt d Guttere zum Rucksack uus und trinkt. No e Biss vom Sandwich, und scho triibts ne wider uuf.

«Al-pe-fisch!»

Er zieht sich d Kappe töiffer i s Gsicht, bindt d Kapuze feschter zue und stampfet uf en erschtbescht Mocke zue. Vo der Bäärgsiite häär prüefft er, öb er überhaupt ufechääm, luegt, öb s Gländ uf der Taalsiite nid z flach isch. De goht er wider obe häre, wüscht mit beide Händ de früschi Schnee vom Stei, chlopfet mit em Stock, bis er en erschte, iisige Tritt findt, e zwöiten und no eine. Di letschte Meter bis uf e Puggel chrüücht er, chräsmet, immer wider halb hindertsi, wüelet er sich ue. Und de stoht er. Zobersch uf eme zümftige Mocke, wo hüt siinen isch. Dää vom Vatter und dää vom Brüetsch.

S Wiiss isch tunkel woorde, de Wind het aaggloo. Es bloost und pfiifft em Brunner i s Gsicht, dass er chuum no cha d Augen offe haa. Er goht wiiter, langsam, über d Kuppen ine, bis a Abbruch vüre.

Deet voore stoht de Brunner. Er zitteret, und alles tuet em weh, aber er het es Lächlen im Gsicht, es gfroornigs Glück. – S blaue Meer und s wiisse. Schwimme, flüüge, alles s Gliich. – Er breitet d Flügel uus, wien e Fisch, er gumpet, flüügt und landet weich und töiff im Schnee. Er liit uf e Rüüge, schloot no einisch mit de Flosse, leit d Händ uf d Bruscht. – Und jetz ligge bliibe. Gletscher wäärden über Nacht. Wies langsam waarm wüürd, us der Chelti use. Wie s Bluet gfrüürti, und me merkti nüüt. Gletscher wäärde, Brunner. Doo ligge, bis mers sind. Us allem duss. – Glaubsch, das gieng?

Der vorliegende Text führt einen vielschichtigen inneren Dialog mit dem Roman ‹Schattensprünge›, dem 1995 im Zürcher Pendo Verlag erschienenen und längst vergriffenen literarischen Erstling des Autors.

Mundart bei Zytglogge

Andreas Neeser

Nüüt und anders Züüg

Mundartprosa inkl. CD
ISBN 978-3-7296-0955-6

«Literarisch und sprachlich wunderbare Studien vom Dorfleben der 70er Jahre.»
Markus Gasser, Schweizer Radio SRF 1

«Neesers Erinnerungen reichen zwar ein halbes Jahrhundert zurück, die literarische Form seiner kurzen Texte aber ist heutig. Da weht kein Modergeruch aus dem bluemete Trögli.»
Marie-Louise Zimmermann, Berner Zeitung

«Andreas Neesers Erzählband ist ein Geschenk. Die Geschichten haben das perfekte Mass an Auserzähltem und Verschiegenem, an Gesagtem und Unterlassenem, an Witz und Ernst.»
Gallus Frei, Literaturblatt

Mundart bei Zytglogge

Andreas Neeser

S wird nümme, wies nie gsi isch

Mundartprosa inkl. CD
ISBN 978-3-7296-0890-0

«Leise Miniaturen von eindringlicher Sprachkraft.»
Marie-Louise Zimmermann, Berner Zeitung

«Neeser erzählt lakonisch, eindringlich und ungemein farbig.»
Manfred Papst, NZZ am Sonntag

«Subtil zugespitzte Mundartprosa.»
Roland Erne, Sonntag

«Im neuen Buch entwirft Neeser in 19 Kurz- bis Kürzestgeschichten eine ganze Welt – erforscht mit der eigenen Jugend, verklärt mit der eigenen Erinnerung: Eine lebendige Vergangenheit, die man förmlich riechen kann – und eine pulsierende Welt, die gross wirkt, auch wenn sie klein ist.»
Anna Kardos, Die Nordwestschweiz

Mundart bei Zytglogge

Andreas Neeser

No alles gliich wie morn

Geschichten und Gedichte in Mundart
ISBN 978-3-7296-0788-0

«Die unter dem Titel ‹No alles gliich wie morn› versammelten Erzählungen und Gedichte gehören zum Besten, was die moderne Schweizer Dialektliteratur zu bieten hat. In seinen funkelnden Mundarttexten lotet Neeser die Abgründe seiner Kindheit aus. In einzigartigem Klang und mit existenzieller Wucht.»
Manfred Papst, NZZ am Sonntag

«Mit diesem Buch erweist sich Neeser auch in der Mundart als Autor von aussergewöhnlichem Format. Seine schriftstellerische Ausdruckskraft und Sorgfalt, die auf jedes Wort achtet, sind beeindruckend, seine Texte von grosser schlichter Schönheit.»
Christian Schmid, Schweizer Radio SRF 1,

Mundart bei Zytglogge

Maria Lauber/Kulturgutstiftung
Frutigland (Hg.)

Chüngold

Erzählung inkl. CD
ISBN 978-3-7296-0974-7

In ihrer autobiografisch grundierten Mundarterzählung ‹Chüngold› schildert Maria Lauber (1891–1973) das Aufwachsen eines Bergbauernmädchens auf der Schwelle zum 20. Jahrhundert. Die wache, sensible und grübelnde Chüngold versucht in einer stark von traditionellen Identitäten und Werten geprägten (Alpin-)Welt selbstgewiss ihren eigenen Lebensweg zu gehen.

«Maria Lauber, eine ausgezeichnete Lyrikerin, ist meiner Meinung nach in der Mundartliteratur die unangefochtene Meisterin des Beschreibens.»
Christian Schmid

Mundart bei Zytglogge

Walter Däpp

Langsam pressiere

Morgegschichte inkl. CD
ISBN 978-3-7296-0965-5

Walter Däpps berndeutsche ‹Radio SRF 1 Morgegschichte› sind sinnige und stimmige Alltagsbeobachtungen, die dazu animieren, mit (selbst-)kritischem Schmunzeln über den gewohnten Alltagstrott zu sinnieren.

«Auffallend an dieser Geschichtensammlung ist die Leichtigkeit, die Walter Däpp im Umgang mit der Sprache eigen ist.»
Pedro Lenz

Mundart bei Zytglogge

Michael Nejedly

Es het nid ufghört Tag z si

Roman
ISBN 978-3-7296-5009-1

Sanitätssoldat Novotný wird für seinen ersten WK eingezogen. Doch nichts funktioniert wie vorgesehen. In seiner Truppe gilt er schnell als Aussenseiter, weil er liest, um das ewige Warten zu verkürzen. Schliesslich wird er in einen geheimen Hochsicherheitsbunker in den Bergen verlegt und muss realisieren, dass das Reduit noch immer existiert.

«Das Militär, man hasst oder liebt es. Doch wenn Michael Nejedly die Mundart rekrutiert und mit temporeichem Witz bewaffnet das WK-Leben ins Visier nimmt, kapituliert die Langeweile.»
Kilian Ziegler, Poetry Slam Schweizermeister 2018v

Mundart bei Zytglogge

Stef Stauffer

Hingerhang

Roman
ISBN 978-3-7296-0994-5

Ein hin- und mitreissender Mundartroman über den ganz normalen Wahnsinn des Heranwachsens und über eine ungewöhnliche Freundschaft, temporeich gegen den Wind erzählt.

«‹Hingerhang› isch es Buech für ds Härz u für e Gring. Aber vor auem ou für ds Zwärchfäu. Bi bim Läse meh weder einisch schier verreckt. D Stoufferstef, die schrybt so, wi mir hie schnure u verzeut Gschichte, wo me hie haut so erläbt. Huereguet im Fau.»

Büne Huber